Robert Cranes Spuren im Schnee
von Richard Bercanay

16 Kurzkrimis

Impressum
Herstellung und Verlag:
BoD – Books on Demand, Norderstedt
ISBN 978-3-7386-4036-6

© 2015 Richard Bercanay
2. Auflage
1. Auflage: 2010 (»Spuren im Schnee«)

Photo und Covergestaltung:
© Richard Bercanay 2010, 2015

Alle Rechte vorbehalten.

Bibliographische Information der Deutschen Nationalbibliothek: Die Deutsche Nationalbibliothek verzeichnet diese Publikation in der Deutschen Nationalbibliographie; detaillierte bibliographische Daten sind im Internet über www.dnb.de abrufbar.

Robert Cranes Spuren im Schnee

16 Kurzkrimis

Teil I: Robert Crane

Das Haus des Onkel Ev 7

Die unsägliche Entführung Robert Cranes 18

Der Aktenkoffer 30

Der Mann im Café 36

Teil II: Spuren im Schnee

Hensons Mörder 49

Der Treffpunkt 53

Opfer moderner Technik 57

Ladenschluß 61

Das Vermächtnis der Gebrüder Kautzer 72

Die Badewanne 83

Fingerabdrücke 87

Spuren im Schnee 92

September Nachmittag 97

Das Totenzimmer 100

Mann ohne Gedächtnis 104

Der 50. Geburtstag 108

Der Autor 115

Teil I

Erbschaften und Päckchen

Die bizarren Erlebnisse des Robert Crane

Das Haus des Onkel Ev[1]

Die Räder des Zugs nach Edinburgh ratterten mit monotoner Gleichmäßigkeit über die Gleise. Robert Crane blickte von seinem Fensterplatz aus abwesend in die Landschaft oder döste vor sich hin. Sein Onkel Everett war gestorben. Robert hatte als einziger noch lebender Verwandter einen Brief von einer schottischen Anwaltskanzlei bekommen, nach dem er ein Haus geerbt habe.

Er hatte seine Eltern verloren, als er 22 Jahre alt war. Dies lag nun auch schon elf Jahre zurück. Damals hatte er auch einen Brief an Onkel Everett geschickt, der jedoch mit der Begründung, die Adresse sei unbekannt, zurückgeschickt wurde. Nun befand sich Robert auf dem Weg zu der Adresse, die der Brief vor elf Jahren nicht erreicht hatte.

In der Familie wurde Onkel Ev stets als Exzentriker bezeichnet, sofern überhaupt von ihm gesprochen wurde. Ohnehin waren bereits mindestens zwanzig Jahre ins Land gegangen, nachdem Robert ihn das letzte Mal gesehen hatte. Danach trennten sich die Wege der Familie - bis Robert nun den Brief von dem Anwalt bekam. Auf seine Rückfrage, ob ihm der Anwalt ein Zimmer in einem Gasthaus vermitteln konnte, antwortete dieser, daß er in Onkel Evs Haus wohnen könne. Es sei noch vollständig eingerichtet. Also hatte Robert eine kleine Tasche mit ein paar wesentlichen Dingen gepackt und sich auf den Weg gemacht.

Aus dem Anwaltsschreiben ging hervor, daß das Haus nicht unmittelbar in der Stadt lag, sondern in einem eher dünnbesiedelten Vorort. So nahm Robert nach seiner Ankunft ein Taxi zu der Adresse und hoffte, daß dieser Reise nicht ebenso vergebens sein würde wie

---

[1] Dieser Kurzkrimi erschien in der Anthologie »Jede Menge Erben«, Books on Demand 2013, ISBN 3-7322-3678-7

jene seines Briefes vor elf Jahren. Mit einem Blick auf seine Armbanduhr überzeugte sich Robert davon, daß er es halbwegs pünktlich zur verabredeten Zeit schaffen würde.

Und tatsächlich erreichte das Taxi nicht nur das Haus, sondern es wartete bereits ein Mann in einem schwarzen Anzug mit einem Aktenkoffer in der rechten Hand vor dem Tor der Einfahrt zu dem Grundstück. Robert bezahlte das Taxi, nahm seine Reisetasche und stieg aus.

»Mr. Crane?«, fragte der grauhaarige Mann.

»Ja«, antwortete Robert und betrachtete sein Gegenüber. Der hagere Anwalt sah in seinen altmodischen schwarzen Anzug eher wie ein Sargträger aus, ein Eindruck, der in Roberts Augen durch eine gewaltige Hakennase unterstrichen wurde. Die Visitenkarte, die der gewiß über 60jährige Mann ihm gab, wies Robert darauf hin, daß es sich um den Rechtsanwalt William McBricken von der Anwaltskanzlei MacInways, McBricken und Lawford handelte.

Robert selbst überragte mit seinen 1.84 m den Anwalt um einen halben Kopf. Weil der Anlaß im Grunde nicht so recht erfreulich schien, hatte er sich für einen dunkelblauen Anzug mit dezenter dunkler Krawatte entschieden.

McBricken schloß nach dem Austausch der üblichen Höflichkeiten das Tor zum Grundstück auf und beschritt mit Robert den Weg, der in einem leichten Bogen zwischen niedrigem Gebüsch und hohen Bäumen zum Haus führte. Die Bäume standen auf einer recht weitläufigen Rasenfläche und insgeheim wunderte sich Robert, in welchem Wohlstand Onkel Ev offenbar gelebt hatte. An einigen Stellen war der Rasen allerdings umgegraben, so als hätte jemand dort Beete anlegen wollen.

»Es scheint ja am Garten doch das ein oder andere gemacht zu werden«, meinte Robert. McBricken nickte kurz.

»Den Eindruck habe ich auch.«

Robert betrachtete den Anwalt einen Augenblick lang nachdenklich, was diesem entging, weil Robert nun hinter ihm die kurze und schmale Treppe zum Haus hinaufstieg.

»Sie müssen die Alarmanlage ausschalten, wenn Sie im Haus sind«, erklärte der Anwalt und steckte einen kleinen Schlüssel in einen Kasten, an dem sogleich verschiedene kleine rote Lichter aufleuchteten. »Schalten Sie die Alarmanlage immer ein, wenn Sie das Haus verlassen, auch wenn es nur für kurze Zeit ist. Beim Betreten des Hauses müssen Sie aber immer daran denken, die Alarmanlage wieder auszuschalten. Wenn Sie es vergessen, steht irgendwann in den nächsten Minuten die Polizei bei Ihnen vor der Tür. Es ist ein stummer Alarm.«

Während der Anwalt die Tür aufschloß, stellte Robert fest, daß am Kasten kleine rote Lichter leuchteten.

»Ist die Anlage nicht aus?«

»Doch, doch. Die Lichter leuchten nur, wenn sie aus ist. Das irritiert, aber ist so bei dieser Anlage.«

Robert zuckte kurz mit den Schultern und folgte dem Anwalt ins Haus.

»Erdgeschoß, erstes Stockwerk und Dachboden«, erklärte der Anwalt. »Das Haus hat keinen Keller. Ich habe die Grundrisse noch einmal betrachtet, bevor ich hergefahren bin.«

Ein Flur verlief bis fast zum anderen Ende des Hauses, von dem aus offenbar alle Zimmer des Erdgeschoßes erreichbar waren. Am Ende des Flurs führte eine Treppe ins erste Stockwerk. Der Anwalt zeigte Robert die Räume, in denen die meisten Möbel mit großen weißen Laken abgedeckt waren. Auf den Möbeln, bei denen das nicht der Fall war, lag eine recht dicke Staubschicht.

Diese Möbel stammten offensichtlich noch aus den Anfängen des zwanzigsten Jahrhunderts. Robert vermutete, daß das auch auf die abgedeckten Möbel zu-

treffen durfte.
»Hier scheint ja schon länger niemand mehr gewohnt zu haben.«
McBricken zeigte ein freundliches Lächeln.
»Mr. Everett Crane war in den letzten Jahren... also, er war nicht oft hier.«
»Gar nicht, möchte ich vermuten.«
Die Führung durch das Haus endete im Wohnzimmer. McBricken stellte seinen Aktenkoffer neben einen verstaubten Sekretär auf den Teppich und sah Robert erwartungsvoll an.
»Nun, Mr. Crane, wie haben Sie sich entschieden? Möchten Sie das Erbe antreten?«
»Ja, das werde ich wohl tun.«
»Sehr gut. Eine gute Entscheidung! Da gibt es auch noch etwas Geld, mit dem Sie wohl die Erbschaftssteuer begleichen können und dieses schöne Anwesen nicht anzutasten brauchen. Unterschreiben Sie mir bitte noch, daß Sie das Erbe antreten, und morgen treffen wir uns in der Stadt, um das Haus und das Grundstück auf Ihren Namen übertragen zu lassen.«
Der hakennasige Anwalt zog ein Taschentuch aus seiner rechten Jackettasche und wischte den Staub vom Sekretär, bevor er das Formular und einen Kugelschreiber darauf legte. Robert nahm das Dokument an sich und las es genau durch, bevor er es unterzeichnete.
Der Anwalt nahm es mit einem zufriedenen Lächeln an sich und legte es umständlich in seinen Aktenkoffer. Robert begleitete ihn anschließend zur Haustür, wo McBricken ihm die Schüssel übergab.
»Morgen um 10 Uhr hole ich Sie hier ab«, verkündete Bricken, bevor er ging. Robert sah dem Anwalt noch nach, bis dieser das Einfahrtstor hinter sich geschlossen hatte, und tat gleiches mit der Wohnungstür.
Während er langsam durch das Haus schritt, überlegte er sich, daß er eigentlich doch lieber in einem Gasthof übernachtet hätte, denn das alte und staubige Haus

erschien ihm ein wenig unheimlich. Auch mißfiel ihm, daß es so weit außerhalb lag und es in der Umgebung nichts gab als ähnliche Häuser, die, wie er bei der Anfahrt bemerkt hatte, recht weit verstreut lagen.
Robert trat an verschiedene Fenster und betrachtete den Garten, der das Haus umgab. An verschiedenen Stellen war umgegraben - oder gegraben? - worden. Besonders gepflegt war der Garten nicht und bot somit noch viel Arbeit, die vorzugsweise von einem professionellen Gärtner zu erledigen wäre.
Nahe dem Haus seines Onkels fand Robert noch einen kleinen Schnellimbiß, in dem er sein Abendessen zu sich nahm. Wieder im Haus traf er Vorbereitungen für die Nacht. Vorsichtig nahm er die Abdeckungen für das Bett und die Stühle im Schlafzimmer ab, konnte dabei jedoch nicht vermeiden, daß es staubte. Die Möbel waren jedoch durch die Abdeckung recht gut vor dem Staub geschützt worden. Die Teppiche, die jedoch im ganzen Haus lagen, waren voller Staub, wie Robert leidvoll feststellen mußte.
In einem Schrank fand er Bettwäsche, mit der er das Bett frisch bezog. Aus seiner Reisetasche nahm er seinen Schlafanzug und legte sich bein Einbruch der Dunkelheit schlafen. Große Begeisterung hatte er bisher für das Haus nicht gefunden und verstand auch nicht, warum es mit einer so aufwendigen Alarmanlage geschützt war. Sein Wunsch war, die Formalitäten am nächsten Tag zügig zu erledigen, um dann wieder in seine Wohnung nahe London zurückkehren zu können. Mit diesem Gedanken schlief er ein.
In seinen Träumen kämpfte er sich durch den Staub, der sich in der Wohnung Onkel Evs auf die Möbel, Teppiche und Böden gelegt hatte. Die Berge von Staub schienen immer größer zu werden. Plötzlich sah er Onkel Ev, der sich über die Jahre gar nicht verändert hatte, sich mit einer Schaufel durch die Berge von Staub arbeiten. Mit schöner Regelmäßigkeit hörte Robert das Geräusch, das die Schaufel beim Schippen

verursachte, und wachte auf. Doch das Geräusch einer schippenden Schaufel war noch immer zu hören.
Vorsichtig glitt Robert aus dem Bett und zog den Vorhang des Fensters leicht zur Seite. Im gleißenden Licht des Mondes sah er zwei Männer, die im Garten mit Schaufeln gruben. Behutsam schloß Robert den Spalt im Vorhang wieder und schlich durch das dunkle Zimmer zum Flur. Im Wohnzimmer hatte er ein Telephon gesehen. Schritt für Schritt schlicht er über die staubigen Teppiche ins Wohnzimmer und nahm den Hörer des Telephons ab. Die Leitung war tot.
Robert legte leise wieder auf und überlegte, ob es eine gute Idee sein könnte, die Männer zu stellen. Hier draußen, wo kaum jemand eventuelle Hilferufe hören würde, dürfte dies kaum der Fall sein, dachte Robert und kehrte leise ins Schlafzimmer zurück. Aus seiner Hose, die auf dem Stuhl neben dem Bett lag, holte er die Schlüssel und schlich zurück über den Flur zur Tür. Die einzige Möglichkeit, die Polizei zu holen, wäre, die Alarmanlage einzuschalten.
Der Schlüssel verursachte im Türschloß ein leises Knacken, das Robert trotz aller Vorsicht nicht vermeiden konnte. Wenn er geahnt hätte, was ihm in der Nacht bevorstand, hätte er die Tür nicht abgeschlossen. Nach einer Zeit, die ihm ewig erschien, öffnete er leise die Tür und schlich hinaus. Vielleicht könnte er ja zum Nachbarhaus schleichen und von dort die Polizei holen, während die Männer hinten im Garten mit ihrer Arbeit beschäftigt waren. So schloß er leise die Tür und schlich leicht geduckt über den Weg zum Einfahrtstor. Als er vorsichtig den Schlüssel hineinsteckte, tippte ihm jemand auf die Schulter. Erschrocken wandte sich Robert um und sah einen der Männer, der in seiner rechten Hand einen Spaten hielt. Der andere stand ein paar Schritte hinter ihm. Beide waren schwarz gekleidet und trugen Stirnbandlampen, die sie jetzt ausgeschaltet hatten. Weder mit dem einen noch dem anderen würde sich Robert gerne

anlegen wollen, denn sie waren recht muskulös und wirkten auf ihn wie Möbelpacker.
»Wohin wollen Sie denn?«, fragte der Mann, der ihn auf die Schulter getippt hatte.
»Naja, also äh...«
Der andere Mann, der seine Stirnbandlampe über eine Schirmmütze gebunden hatte, grinste.
»Macht keinen guten Eindruck, im Schlafanzug durch die Gegend zu spazieren. Da könnte doch glatt die Polizei kommen und Sie in die Klapsmühle bringen.«
»Nachts den Garten anderer Leute umzugraben könnte der Polizei aber auch komisch vorkommen«, erwiderte Robert. Nun zog der Mann mit der Schirmmütze eine Pistole.
»Jetzt, wo wir Sie getroffen haben, ist alles etwas leichter, Mister. Wir wollten uns eigentlich von unten in den Keller graben, aber nun können Sie uns ja ins Haus führen.«
»Das Haus hat keinen Keller.«
»Aber sicher hat es das«, sagte der erste Mann. »Everett hat uns gesagt, daß er die Kohle im Keller aufbewahrt.«
»Ich habe nicht den Schimmer einer Ahnung, wovon Sie reden.«
»Kann ich mir denken. Gehen wir zurück ins Haus und wir zeigen es Ihnen.«
Der andere wedelte mit der Pistole und Robert machte sich mit den beiden Männern auf den Weg zurück zum Haus. Dort angekommen nahm Robert langsam die Schlüssel aus der Tasche.
»Ich muß die Alarmanlage ausschalten«, erklärte er, während er den Schlüssel in den Schaltkasten neben der Haustür steckte.
»Ja, das würde ich Ihnen auch empfehlen.«
Robert drehte den Schlüssel herum und die Kontrolllampen erloschen. Die beiden Männer nickten einander kurz zu. Offenbar kannten sie die Anlage nicht, überlegte Robert erleichtert, während er die Tür öff-

nete und auf den Lichtschalter drückte. Doch nichts geschah. Auch der Strom war offensichtlich abgeschaltet.

»Ich... ähem... wohne erst seit heute hier. Offensichtlich ist der Strom abgeschaltet weil Onkel Ev... Also Onkel Ev hier wohl länger nicht gewohnt hatte.«

»Das kann man wohl sagen«, gluckste der Mann mit dem Revolver und lehnte die Haustür an.

Die beiden Männer schalteten ihre Stirnlampen ein und sahen sich um. Auch sie mußten feststellen, daß es keine Kellertür in dem Haus gab.

»Er hat die Kohle hier im Keller versteckt«, sagte der Mann ohne Revolver. »Das hat er all die Jahre über gesagt. Es muß irgendwo eine Falltür geben. Kommen Sie, Mister. Räumen wir die Teppiche weg.«

Robert schloß seine Augen. Seit bestimmt fünf Minuten lief er nun zusammen mit den Gangstern durch das Haus und von der Polizei war noch immer nichts zu sehen. Sollten die Lichter an der Alarmanlage durch eine externe Stromquelle am Leuchten erhalten werden und die Anlage ansonsten unwirksam sein?

Während er mit seinen ungebetenen Gästen die Teppiche wegrollte und dafür teilweise die Schränke wegrückte, versuchte er nicht darüber nachzudenken, was ihm wohl blühen würde, gleichgültig, ob die Männer fanden, was sie suchten, oder nicht. So verging die Zeit und von der Polizei war noch immer nichts zu sehen.

Und im Schlafzimmer wurden sie fündig. Unter dem Teppich, auf dem das Bett gestanden hatte, war eine Luke, die mit einem kleinen Haken, der in einer Aussparung lag, geöffnet werden konnte. Unter ihr führte eine enge Treppe nach unten in einen kurzen Flur, an den drei Türen grenzten.

»Bitte sehr«, sagte der Mann ohne Revolver. »In solchen Dingen war Everett immer ehrlich.«

»So. Hm«, brummte Robert und hatte das Gefühl, daß er die Details zum Leben seines Onkels eigentlich gar

nicht wissen wollte. Plötzlich war ihm das ganze Haus zuwider und er wünschte, nie hergekommen zu sein, als er zusammen mit den beiden Männern die schmale Treppe hinunter in den engen Kellerflur ging.
Die Wände waren grau wie die Kellertüren aus Metall. Als der Mann ohne Revolver die erste Kellertür öffnete, quietschen die Scharniere gequält. Er leuchtete hinein und fand wahllos in den Keller geworfenes Gerümpel vor.
»Wir gucken erst in die anderen Räume, bevor wir hier zu suchen beginnen«, entschied er und öffnete die nächste Tür. Dieser Kellerraum war leer bis auf sechs Stahlkoffer. Der Mann ohne Revolver ging eilig auf sie zu und öffnete einen von ihnen. Er war mit Geld gefüllt. So schloß er den Koffer wieder und nickte seinem Kollegen zu.
»Das ist es. Kommen Sie, Mister. Sie tragen zwei Koffer, ich trage zwei Koffer und die anderen beiden holen wir gleich ab, wenn wir die Koffer hier nach oben gebracht haben.«
Robert zuckte kurz mit seinen Schultern und holte zwei der Stahlkoffer aus dem Raum.
»Genießen Sie es, Mister«, sagte der Mann mit dem Revolver grinsend. »So viel Geld auf einmal werden Sie sicher nie wieder in Ihrem Leben bei sich haben.«
»Wenn wir die Koffer die oben haben«, sagte der andere Mann, »werden wir Sie auf einen Stuhl fesseln und verschwinden. Irgendwann wird Sie hier schon jemand finden, und wenn nicht... Naja, dann soll es uns auch egal sein.«
Nach diesen Worten empfand Robert den Gedanken an den hakennasigen Sargträger-Anwalt, der ihn um 10 Uhr abholen wollte, fast schon als beruhigend. Mit diesem Gedanken stellte er die Stahlkoffer auf dem Flur ab, als er mit den beiden Männern dort oben ankam. Alles im Haus wirkte weiterhin dunkel und unberührt. Entweder hatte die Polizei das Alarmsignal nicht erhalten oder es nicht ernst genommen, dachte

Robert.
»Du bleibst mit ihm hier oben und ich gehe runter und hole die anderen beiden Koffer.«
Der Mann kehrte ins Schlafzimmer zurück, während sich Robert mit dem Gedanken anfreundete, den Rest der Nacht und den Vormittag gefesselt auf einem Stuhl zu verbringen.
»Ganz vorsichtig runter mit der Waffe«, sagte plötzlich eine gedämpfte Stimme, die Robert zuvor noch nie gehört hatte. Ein Stück Metall fiel auf den Boden und Robert wagte es, sich langsam umzudrehen. Ein Polizist legte einen Finger auf seinen Mund, um ihm zu bedeuten, nichts zu sagen. Ein weiterer Polizist stellte sich mit gezogener Waffe vor die Schlafzimmertür. Die Wohnzimmertür, die gerade noch geschlossen war, als Robert mit seinen schwarzgekleideten Gästen in den Flur kam, stand nun offen.
Der Mann ohne Revolver schaute recht überrascht, als er mit den beiden Stahlkoffern aus dem Schlafzimmer kam und nun einem bewaffneten Polizisten gegenüber trat.
Zwei weitere Polizisten kamen aus dem Wohnzimmer.
»Bringen Sie die beiden raus«, sagte der ältere der Polizisten und stellte sich Robert anschließend als Inspektor Angus Danham vor. Nun endlich fand Robert Zeit, aufzuatmen und erklärte dem Inspektor, daß er der Neffe und Erbe von Everett Crane sei. Der Inspektor zeigte ein leichtes Lächeln.
»Sie können von Glück reden, daß der Alarm ernst genommen wurde, Mr. Crane. Hier gab es in den letzten Jahren so viele falsche Alarme, daß die Leitstelle sie eigentlich nicht mehr weitergeleitet hat.«
»Und was hat mein Glück beflügelt?«
»Die Freilassung dieser beiden. Sie haben gemeinsam mit ihrem Onkel Raubüberfälle begangen. Weil er wußte, daß er länger sitzen würde, als die beiden, hatte er das Geld wohl versteckt. Dieser mißtrauische Mensch! Nun ist er vor drei Monaten gestorben und

die beiden kamen vorige Woche aus dem Gefängnis. Also wurde die Leitstelle angewiesen, Alarmsignale aus diesem Haus wieder ernstzunehmen.«
»Ich danke Ihnen, Inspektor. Daß mein Onkel im Gefängnis war, wußte ich nicht.«
Der Inspektor nickte kurz.
»Er hat nie an Verwandte geschrieben. Das war uns bekannt. Sie müßten dann morgen mal im Laufe des Tages bei uns vorbeikommen für eine Aussage. Aber keine Sorge, das wird keine lange Sache werden.«
»Ja. Gut. Ich muß morgen auch noch mit dem Anwalt zu einem Termin, bei dem mir das Haus übertragen wird - oder hat sich das mit der Geschichte von heute auch erledigt?«
»Nur, wenn Sie es so sehen. Das Haus hat tatsächlich legal Ihrem Onkel gehört. Dieses Erbe können Sie getrost antreten.«
Robert versuchte ein Lächeln, doch es verunglückte.
»Da weiß ich nun gar nicht, ob ich darüber froh sein soll oder nicht.«
Der Inspektor lachte kurz auf und verabschiedete sich. Robert sah den Polizeiwagen nach, als sie die Straße in Richtung Innenstadt davonfuhren, und schloß die Tür wieder ab. Noch immer in seinen Schlafanzug gekleidet kehrte er ins Bett zurück. Was auch immer am nächsten Tag geschehen würde, über eines war Robert sich sicher: Er würde keine weitere Nacht in diesem Hause bleiben.

Die unsägliche Entführung Robert Cranes

Es hatte zwei Tage lang fast ohne Pause geschneit. Die Straßen, Häuser und Gärten Londons waren von einer sanften weißen Schneedecke überdeckt. Die Menschen eilten mit hochgeschlagenen Mantelkragen durch die Straßen und versuchten, möglichst schnell ihr Ziel zu erreichen.
Einer von ihnen war Robert, der aus einem Postamt kam, von dem aus er gerade eine Handvoll Briefe abgeschickt hatte. Er schlug ebenfalls den Mantelkragen hoch und machte sich eilig auf den Weg nach Hause.
Ein Wagen fuhr langsam die Straße entlang und hielt einige Meter vor ihm an. Zwei Männer in dunklen, knöchellangen Mänteln stiegen aus und gingen auf Robert zu. Einer von ihnen griff, kurz bevor sie bei Robert ankamen, in seine rechte Jackentasche. Als sie bei Robert ankamen, hörte dieser ein Klicken aus der Tasche des Mannes.
»Ganz ruhig«, sagte der andere Mann zu Robert, der etwas erstaunt stehenblieb.
»Was?«
»Sie sollen ruhig bleiben und keine Tricks versuchen!«
Robert blickte den Mann an.
»Was soll das? Ist das ein Scherz?«
Der Mann, in dessen Tasche es geklickt hatte, schüttelte seinen Kopf.
»Kein Scherz, Mr. Weston«, raunte er. »Ich bin bewaffnet. Wenn Sie was versuchen, knalle ich Sie auf offener Straße ab.«
Robert sah den Mann zweifelnd an.
»Sie knallen mich auf offener Straße ab? Wieso Weston? Mein Name ist Crane. Robert Crane. Sie verwechseln mich offenbar mit jemanden.«
Der andere Mann schüttelte seinen Kopf.
»Lassen Sie uns hier nicht so lange diskutieren. Stei-

gen Sie in den Wagen dort ein. Ich warne Sie. Wenn Sie zu fliehen versuchen, landen Sie mit dem Kopf nach unten im Schnee!«
Robert hob seine Schultern.
»Ich verstehe gar nicht, was Sie von mir wollen. Aber wenn Sie es wünschen... Sie werden noch merken, daß Sie sich irren.«
Die drei Männer gingen auf den Wagen zu. Der Mann ohne Revolver schloß die Fahrertür auf, als ein Polizeimotorrad neben dem Wagen hielt.
»Ein Wort und Sie sind beide tot«, raunte der Mann mit der Waffe.
Der Polizist war inzwischen von dem Motorrad abgestiegen und hatte seinen Helm abgenommen, den er auf dem Motorrad befestigte. Dann ging er zu den Männern herüber.
»Guten Tag, die Herren«, sagte er. »Sie stehen im absoluten Park- und Halteverbot. Darf ich mal Ihren Führerschein sehen?«
Der Mann ohne Revolver hob seine Schultern.
»Ja, sofort«, sagte er dann. »Sehen Sie, Officer, der Wagen hat Schwierigkeiten gemacht. Deshalb mußten wir hier halten.«
»Ich möchte trotzdem Ihren Führerschein sehen.«
Der Mann ohne Revolver blickte sich um. Die Straße war mäßig belebt. Der Mann ohne Revolver schüttelte kurz seinen Kopf.
»Das Lenkrad bewegt sich nur ganz schlecht«, erklärte er dem Polizisten, während er seinen Führerschein hervor kramte. »Sie können das ganz leicht nachprüfen.«
Der Polizist warf einen Blick auf den Führerschein und überlegte eine Zeit lang.
»Also gut. Dann schließen Sie den Wagen mal auf.«
Der Mann ohne Revolver nickte seinem Kollegen kurz zu und schloß den Wagen auf. Während der Polizist in den Wagen einstieg kam der Mann mit dem Revolver zur Fahrertür, zog seinen Revolver und schlug den

Polizisten mit dem Handgriff der Waffe nieder. Der Polizist sank vornüber.
»Schnell auf den Beifahrersitz mit ihm«, ordnete der Mann ohne Revolver gedämpft an. »Helfen Sie uns, Mr. Weston!«
»Crane«, korrigierte Robert. Der andere Mann hatte seinen Revolver wieder eingesteckt. Robert half dem Mann ohne Revolver, den Polizisten auf den Beifahrersitz zu hieven und ihn anzugurten. Niemand der Passanten nahm Notiz von der Szene, wie sich der Mann mit dem Revolver überzeugte.
»Einsteigen«, kommandierte er. Robert setzte sich auf den Rücksitz. Der Mann ohne Revolver setzte sich an das Lenkrad, während dessen Kumpane neben Robert Platz nahm. Der Mann am Lenkrad ließ den Wagen an und fuhr in Richtung stadtauswärts davon.
»Was machen wir dem Bullen?«, frage der Mann mit dem Revolver.
»Wir setzen ihn aus wenn wir eine Gelegenheit dazu bekommen.«
»Wir sollten ihn erschießen! Immerhin weiß er, wie wir aussehen.«
»Du spinnst ja! Einen Polizisten erschießen! Weißt du, was dabei rumkommt? Jedenfalls nichts Gutes!«
Der Mann hob seine Schultern und nahm den Revolver aus der Tasche. Der Mann am Lenkrad nahm dem Polizisten die Waffe ab und gab sie dem Mann auf dem Rücksitz. Kurz darauf kam der Polizist wieder zu sich, rieb sich seinen Hinterkopf und blickte sich kurz um.
»Freiheitsberaubung, meine Herren. Das wird Sie teuer zu stehen kommen«, sagte er dann. Der Mann am Lenkrad lachte kurz.
»Sie sollten dankbar sein, wenn Sie aus diesem Wagen lebend aussteigen können, Mister! Mein Freund hier, Mr. Two, wollte Sie schon erschießen.«
Der Mann auf dem Rücksitz nickte bestätigend.
»Wäre das vernünftigste.«
»Dann sind Sie Mr. One«, folgerte Robert. Der Mann

am Lenkrad schüttelte seinen Kopf.
»Nein. Mein Name ist Three.«
Der Polizist winkte ab und wandte sich nach hinten.
Two richtete seinen Revolver auf den Polizisten.
»Sind Sie auch nicht freiwillig hier?«, frage er Robert.
»Nein«, erwiderte Robert. Two richtete seinen Revolver auf Robert.
»Ich warne Sie!«
Der Polizist wandte sich wieder nach vorne. Der Wagen hatte die Stadt verlassen und fuhr nun über eine Landstraße, die von Wald gesäumt war. Nach einiger Zeit bog Three in einen Waldweg ab und fuhr diesen einige Minuten lang. Dann hielt er den Wagen an.
»Aussteigen«, kommandierte Two, seinen Revolver wieder auf den Polizisten richtend.
»Hier?«, fragte der Polizist.
»Wo sonst?«, wollte Three wissen. Der Polizist öffnete die Beifahrertür und stieg aus. Three wendete den Wagen und fuhr den Waldweg zurück in Richtung Straße.
»Der Umweg wird uns mindestens eine Stunde kosten«, knurrte Two. Three hob seine Schultern.
»Es hätte schlimmer kommen können.«
Robert schloß seine Augen. Da saß er nun in einem schwarzen Ford und wußte nicht, wo er am Ende landen würde, nicht einmal, ob er bei Sonnenuntergang noch leben würde.
Der Wagen erreichte die Straße. Three fuhr stadteinwärts. Sie hatten noch nicht einmal eine Meile zurückgelegt, als der Wagen zu stottern begann und ausging. Three rollte ihn an den Straßenrand.
»Mist«, brummte er.
»Ich habe dir doch gesagt, daß du besser vorher getankt hättest.«
»Konnte ich ahnen, daß wir mit diesem verdammten Bullen Ärger bekommen?«
»Geschenkt! Was machen wir jetzt?«
»Laufen?«, fragte Robert.

Two nickte.
»Genau das! Wir laufen.«
»Man könnte auch per Anhalter fahren«, schlug Robert vor.
»Sicher«, erwiderte Three. »Auf einer einsamen Landstraße, wo vielleicht mal alle vier Minuten ein Auto fährt, wird sicher schnell jemand anhalten und drei unbekannte Männer mitnehmen. Weiter hinten habe ich eine Bushaltestelle gesehen.«
Two sah seinen Kumpanen an.
»Bist du wahnsinnig? Du willst doch mit diesem Typen nicht in einen Bus steigen.«
»Du weißt, wie weit es bis dahin ist. Willst du etwa zum Lagerhaus laufen?«
Draußen begann es wieder zu schneien.
»Es bringt jedenfalls nichts, hier herumzusitzen. Bis zur Stadt dürften es noch etwa vier Meilen sein«, sagte Three.
»Man hätte dem Bullen die Uniform abnehmen sollen«, knurrte Two.
»Kannst ja zurücklaufen und es nachholen.«
«Mach Witze.«
Die Männer stiegen aus und gingen die Straße entlang in Richtung Innenstadt. Der Schneefall wurde immer dichter. Robert betrachtete den schneebedeckten Wald und grub seine Hände tief in die Taschen seines Mantels. Er fragte sich selbst, wieso er sich keinen Fluchtplan überlegte, sondern einfach zwischen den beiden Männern herlief, ja nicht einmal Angst hatte.
Auch die beiden Männer hatten ihre Hände tief in die Taschen gesteckt. Der schwache Wind wehte ihnen kalt um die Ohren. Robert schlug wieder seinen Kragen hoch, fror aber dennoch an seinen Ohren.
Es fuhren nur wenige Wagen auf dieser Strecke. Die vorbeifuhren, hielten nicht an, als die Männer versuchten, mitgenommen zu werden. So liefen sie durch die Kälte und den immer dichter fallenden Schnee, bis sie schließlich nach gut zwei Meilen die Haltestelle

erreicht hatten.
»Das darf nicht wahr sein«, brummte Three, als er das Schild an der Haltestelle gelesen hatte.
»Was?«, fragte Two, der mit Robert einige Meter davor stehengeblieben war.
»Die Buslinie ist wegen der Witterung aufgehoben worden.«
Robert schloß seine Augen. Ihm war klar, daß ihnen jetzt ein langer Fußmarsch zur Stadt bevorstand, denn es würde sicher so weitergehen, daß keines der Autos, die vorbeifuhren, anhalten würde.
»Stehen wir hier nicht rum«, sagte Three. »Gehen wir weiter.«
Die Männer setzten ihren Marsch fort. Sie sahen allmählich aus wie Schneemänner, die im Entenmarsch auf die Stadt zuhielten. Ihre Mäntel, ihre Köpfe - alles war mit einer Schneeschicht bedeckt. Robert glaubte, daß ihm die Füße abfroren. Nach weiteren zwanzig Minuten meinte er, seine Ohren nicht mehr zu spüren. Seine Nase lief und er wagte es, ein Taschentuch zu ziehen, unter den mißtrauischen Blicken Twos, dem nach Roberts Vermutung langsam die Finger am Revolver festgefroren sein durften.
Die drei Männer erreichten die Stadt. Keiner der Autofahrer, die an ihnen vorbeifuhren, hatte sich ihrer erbarmt. Ihre roten Gesichter, besonders die roten Nasen der Männer, hoben sich ihren schneebedeckten Mänteln und Köpfen deutlich ab. Robert spürte seine Zehen nicht mehr und vermutete, daß es seinen Entführern ebenso ging.
»Wir fahren mit dem nächstmöglichen Bus«, entschied Three.
»Willst du das wirklich riskieren?«
Three nickte.
»Mr. Weston wird schon keine Probleme machen, oder, Mr. Weston?«
»Mein Name ist Crane.«
»Beantworten Sie die Frage.«

Robert hob seine Schultern.
»Ich bemühe mich.«
»Das reicht nicht«, entgegnete Two. »Wenn Sie Ärger machen, muß ich Sie im Bus erschießen, was einen Haufen Schwierigkeiten nach sich ziehen wird.«
Robert blickte Two kurz an und verkniff sich die Bemerkung, daß dies dann nicht mehr seine Sorge sei.
»Machen Sie sich keine Sorgen«, sagte er dann. »Ich möchte diese Geschichte gerne überleben.«
»Gut«, sagte Three. »Dann tun Sie, was wir Ihnen sagen.«
Langsam begann Robert zu überlegen, welche Perspektiven er wohl hatte, wenn sie am Zielort ankommen würden. Würde man ihn wieder laufenlassen, wenn man feststellte, daß er der falsche Mann war? Oder würde man ihn erschießen, weil er zu viel gesehen hatte? Langsam beschlich Robert doch eine gewisse Angst, aber er hatte auch nicht das Verlangen, zu fragen. Er hoffte, daß ihm zu gegebener Zeit schon etwas einfallen würde.
Nach einigem Laufen erreichten sie eine Bushaltestelle. Three warf einen Blick auf den Fahrplan.
»Kommt gleich«, stellte er fest. Robert hob seine Schultern. Er würde sich sicher erkälten, überlegte er. Dann kreisten seine Gedanken um sein weiteres Schicksal.
»Eines würde mich doch interessieren«, hob er schließ an.
»Ja?«, fragte Three.
»Gesetzt den Fall, es stellt sich raus, daß Sie sich doch geirrt haben... was dann?«
»Machen Sie mal keine Sorgen darum, das wird Mr. One entscheiden.«
»Hm.«
»Wenn Sie wirklich der falsche Mann sind, werden wir uns schon eine Lösung einfallen lassen, mit der wir Sie leben lassen können«, fügte Three hinzu, der Roberts nachdenklichen Blick bemerkt hatte. »Jemanden zu

töten zieht immer Schwierigkeiten nach sich. Oft ist es leichter, jemanden leben zu lassen als ihn umzubringen.«

Robert fühlte in seinem tiefsten Inneren, daß Two anderer Meinung war, schwieg aber dazu, zumal der Bus auf die Haltestelle zufuhr.

Die Türen des Busses öffneten sich und die drei Männer stiegen ein.

»Die Fahrkarten, bitte«, sagte der Busfahrer. Three und Two blickten einander an.

»Hast du Geld dabei?«, fragte Three. Two schüttelte seinen Kopf.

»Wie konnte ich ahnen, daß wir Geld brauchen würden?«

»Haben Sie Geld dabei?«, wollte Three von Robert wissen. Dieser nickte.

»Gut. Legen Sie es aus, Sie bekommen es zurück.«

Robert zuckte kurz mit seinen Schultern und löste drei Fahrkarten. Die drei schneebedeckten Männer gingen unter den belustigten Blicken der Passagiere zum Ende des Busses und setzten sich nebeneinander auf eine freie Bank.

Robert blickte abwesend aus dem Fenster. Seine ganze Situation kam ihm unwirklich vor. Er saß mit seinen beiden Entführern in einem Bus unter lauter Menschen und konnte trotzdem nicht einfach an der nächsten Haltestelle aussteigen und fliehen.

Er griff in seine Tasche und zog ein weiteres Taschentuch, was bei Two ein Zucken im rechten Arm auslöste. Robert putzte sich die Nase. Es würde ihn inzwischen auch nicht mehr wundern, wenn er mit seinen beiden Entführern in die nächste Pommesbude gehen und ein kleines Mittagessen zu sich nehmen würde.

Der Bus fuhr langsam durch die Straßen von London. Der Schneefall war unverändert dicht, ebenso wie der Verkehr. In den Fenstern der Häuser war teilweise schon die Weihnachtsdekoration zu sehen, einige hatten schon Tannenbäume aufgestellt und ge-

schmückt.
Die Geschäfte der Innenstadt hatten ebenfalls schon seit zwei Wochen für Weihnachten dekoriert. Auch seine Weihnachtseinkäufe hatte Robert noch vor sich. Er steckte sein Taschentuch wieder in die Jackentasche.
Nach einiger Zeit entschied Three, daß sie wieder aussteigen und den Rest zu Fuß gehen würden. Der Bus hatte die Stadt langsam durchquert und war inzwischen auf der anderen Seite der Innenstadt angekommen. Der Schnee auf den Köpfen und Mänteln der Männer war weitgehend getaut, eine Erkältung durfte ihnen sicher sein, wenn sie nun wieder längere Zeit durch die Kälte liefen.
Es war von einem Lagerhaus die Rede gewesen. Robert überlegte, wie weit es wohl noch bis zum Industriegebiet sein würde.
Der Bus hielt an der nächsten Haltestelle, nachdem Three die Halteleine gezogen hatte. Die drei Männer stiegen aus und setzten ihren Weg durch den dichten Schneefall fort. Robert spürte, wie es wieder kalt um seine Ohren zog, nachdem er sich gerade etwas aufgewärmt hatte. Der getaute Schnee war ihm in den Kragen gelaufen und fühlte sich im Wind nun besonders kalt an. Roberts einziger Trost war, daß es seinen Entführern nicht anders gehen dürfte.
Die Männer liefen durch die Straßen in Richtung Industriegebiet. Nachdem sie eine halbe Stunde durch den dichten Schneefall gelaufen waren, blieb Three plötzlich stehen.
»Die Augenbinde«, sagte er.
»Was ist damit?«, wollte Two wissen.
»Ich habe sie im Auto gelassen.«
»Mach dich nicht lächerlich. Willst du jetzt mit Mr. Weston Blinde Kuh spielen? Wenn du ihm hier eine Augenbinde umbindest, wird doch jeder Idiot auf uns aufmerksam.«
Three winkte ab.

»Du hast recht. Es ist ja ohnehin nicht unser Lagerhaus.«

Two brummte etwas Unverständliches, doch Robert meinte, daß Wort »erschießen« verstanden zu haben. Die drei Männer setzten ihren Weg fort. Sie befanden sich nun im Industriegebiet und liefen zwischen den Lagerhäusern herum. Offensichtlich wollten die beiden Männer Robert ein wenig in die Irre führen, was eigentlich nicht nötig war, denn Robert war zum ersten Mal im Industriegebiet von London.

Nach weiteren zehn Minuten hielten die Männer auf das Lagerhaus einer Möbelfirma zu. Auf dem Hinterhof, den die drei überquerten, waren unzählige ausrangierte Möbel zusehen, die inzwischen von einer dicken Schneeschicht bedeckt waren.

Nur wenige Spuren führten über den Hinterhof, was Robert zu der Annahme brachte, daß das Lager nicht mehr benutzt wurde.

Die drei Männer kamen an einer Hintertür an, für die Three einen Schlüssel hatte. Er schloß die Tür auf und betrat mit Robert und Two das Lagerhaus. Robert klopfte seinen Mantel ein wenig ab und irgendwie unwillkürlich folgten Two und Three seinem Beispiel. Die Männer gingen durch einen Flur und zwei Hallen zu einer Treppe. Diese stiegen sie in die zweite Etage hinauf, wo sie durch eine Tür auf einen Flur gelangten. Diesen Flur gingen sie entlang bis zu einer Bürotür, an die Three klopfte und sie öffnete.

Hinter einem Schreibtisch saß ein etwa fünfzigjähriger Mann, der eine Zigarre im linken Mundwinkel hatte. Als die drei das Büro betraten, nahm er sie heraus und sah die drei Männer eine Zeit lang prüfend an.

»Sie haben sich Zeit gelassen«, stellte er fest, während er Robert mit einem Blick betrachtete, den Robert nicht deuten konnte.

»Es war nicht ganz leicht«, erwiderte Three. »Es gab einige Pannen.«

Der Mann nickte und nahm einen Zug von seiner Zi-

garre.
»Das sehe ich wohl.«
Robert sah sich in dem Büro um. Offensichtlich war es schon seit einiger Zeit nicht mehr benutzt worden, denn auf den alten, zum Teil morsch aussehenden Möbeln hatte sich eine dicke Staubschicht angesammelt. Nur der Schreibtisch war frei von Staub.
Three klopfte ein wenig Schnee von seiner Jacke ab. Der Schnee auf den Schuhen der Männer war inzwischen getaut.
»Der Wagen...«
»Das interessiert mich nicht«, unterbrach der Mann hinter dem Schreibtisch seinen offenbar Untergebenen. »Ich meine den Mann, den Sie mitgebracht haben. Wer ist das?«
Two blickte Robert an.
»Das ist Weston!«
»So?«, fragte der Mann und nahm einen weiteren Zug von seiner Zigarre. »Dann hat er sich in den letzten drei Wochen ganz schön verändert.«
Nun blickte auch Three auf Robert.
»Sir, die Beschreibung hat gepaßt, die Uhrzeit auch! Er kam auch aus dem Postgebäude, genau wie Sie es beschrieben haben.«
Der Mann hinter dem Schreibtisch hob seine Schultern.
»Sie haben trotzdem den falschen Mann erwischt.«
»Und was machen wir jetzt mit ihm?«, wollte Three wissen. Der Mann hinter dem Schreibtisch überlegte, sollte jedoch keine Möglichkeit mehr bekommen zu antworten, denn die Tür flog auf und vier bewaffnete Polizisten stürmten herein.
»Hände an die Wand!«, kommandierte einer der Polizisten. Two und Three, völlig überrascht von der neuen Entwicklung, hoben irritiert ihre Hände. Weitere Polizisten, die in das Büro kamen, durchsuchten die beiden und nahmen Two seinen Revolver ab, sowie den Revolver, den er dem Polizisten abgenommen hat.

Ein weiterer Polizist kümmerte sich um den Mann hinter dem Schreibtisch und entwaffnete diesen. Merkwürdigerweise nahm niemand Notiz von Robert.
»Das ist eine Polizeiwaffe«, stellte der Polizist fest, der Two entwaffnet hatte. Robert nickte zustimmend.
»Der Polizist müßte irgendwo im Westen im Wald herumlaufen... vielleicht hat er auch schon die Stadt erreicht. Sie haben ihn niedergeschlagen und entwaffnet.«
Es schien, als wenn niemand auf seine Worte geachtet hätte. Ein Polizist durchsuchte den Schreibtisch. Langsam fragte sich Robert, ob er vielleicht nur ein Zuschauer im Kino oder in einem bösen Traum sei.
Ein Mann in Zivil, offenbar der Einsatzleiter, betrat das Büro, und einer der Polizisten erstattete in kurzen Worten Bericht. Robert entnahm dem Kurzbericht, daß die Polizisten das Lagerhaus offenbar schon länger observierten, und die Ankunft der Männer das Signal zum Zuschlagen war.
Nun endlich wandte sich der Mann in Zivil an Robert.
»Sagen Sie, Mister... wer sind Sie eigentlich?«
Robert blickte den Mann in Zivil eine kurze Zeit lang wortlos an und zuckte leicht mit seinen Schultern.
»Der falsche Mann.«

Der Aktenkoffer

»Ist doch wenigstens mal originell«, meinte Chefkonstrukteur Hogan grinsend. Die Tür zu seinem Büro öffnete sich, und Mark Mills trat ein. Hogan deutete auf Mills.

»Hier, Sie können ihm auch gleich die Geschichte erzählen!«

Robert Crane schloß seine Augen. Ihm war klar, daß er auf bestem Wege war, zum Gespött der ganzen Firma zu werden. Aber der Tag hatte ja auch schon ausgesprochen bescheiden begonnen. Gleich schon am frühen Morgen, als er in seinem Hotelzimmer aufwachte, fühlte sich Robert wie gerädert. Das Bett hatte eine durchgelegene Matratze und die Laterne, die nachts hell durch das Fenster schien, hatte das ihre getan, um ihm den Schlaf zu rauben.

Müde erhob sich Robert aus dem Bett und stolperte ins Bad, wo er sich ein wenig frisch machte. Wieder im Zimmer zog er sich an und packte den Schlafanzug in die Reisetasche. Überhaupt hatte er eine beachtliche Sammlung an Gepäck bei sich: Neben einer kleinen Reisetasche mit seinen privaten Sachen und einem Aktenkoffer mit Unterlagen hatte er noch eine weitere Reisetasche, die er für einen Kollegen mitgenommen hatte, der bereits am Vorabend abgereist war, und eine Tragetasche mit einem Einkauf, den er für seine Freundin erledigt hatte, bei sich. Ein zweiter Aktenkoffer enthielt seine eigenen Akten und Unterlagen, die er auf der einwöchigen Dienstreise angefertigt hatte.

Robert zählte seine Gepäckstücke durch, bevor er das Zimmer verließ und mit dem Fahrstuhl ins Erdgeschoß des Hotels fuhr, um sein Frühstück zu sich zu nehmen. Noch immer müde schlenderte er am Frühstücksbuffet vorbei, nahm sich zwei Brötchen, zwei kleine Päckchen Honig, ein Päckchen Butter und ließ

sich einen Becher mit Kaffee vollaufen. Neben dem Kaffeeautomaten stand ein Schälchen mit verpackten Zuckerwürfeln. Robert nahm sich vier Zuckerwürfel und goß sich aus einem kleinen Kännchen, das neben der Schale mit dem Würfelzucker stand, etwas Milch in den Kaffee.
Mit dem Frühstück auf seinem Tablett setze er sich an einen Tisch und begann, sein Frühstück zu verspeisen. Um ihn herum saßen weitere Gäste, die ebenfalls mit dem Frühstück beschäftigt waren. Die ein oder anderen unterhielten sich dabei mit gedämpfter Stimme.
»Ist hier noch frei?«
Robert blickte auf. Vor ihm stand ein Mann in einem dezenten grauen Anzug, der ebenfalls sein Frühstückstablett in der Hand hielt.
»Aber sicher«, erwiderte Robert. »Setzen Sie sich ruhig.«
Der junge Mann setzte sich und bereitete auf dem Tablett sein Frühstück zu. Er hatte sich ein klassisches englisches Frühstück zusammengestellt.
»Sie waren gestern auch auf der Tagung, nicht wahr?«
Robert zuckte leicht mit seinen Schultern.
»Ja, war ich wohl. Habe mir aber mehr davon versprochen.«
Der Mann grinste.
»Och, das kann man so nicht sagen. Ist zwar recht langweilig, aber doch eine Abwechslung. Mir sind diese Tagungen am liebsten, da komme ich mal aus dem Büro raus. Geht Ihnen das nicht auch so?«
»Wie? Äh... nein.«
Robert hörte nur mit einem Ohr dem Mann zu. Ihm war nicht danach zumute, sich zu unterhalten. Zudem kämpfte er noch mit seiner Müdigkeit. Außerdem war ihm der Mann auf der Tagung nicht aufgefallen, was seine Motivation, sich mit ihm zu unterhalten, noch ein wenig weiter reduzierte.
Schließlich hatte Robert sein Frühstück beendet, trank noch den Rest seines Kaffees und verabschie-

dete sich höflich. Mit dem Fahrstuhl kehrte er in das Stockwerk zurück, in dem er sein Zimmer hatte. Dort sah er sich um, ob er auch nichts vergessen hatte, und packte sein umfangreiches Gepäck zusammen. Zwar waren die Gepäckstücke insgesamt nicht schwer, aber es waren eben doch viele, und Robert fürchtete stets, ein Gepäckstück irgendwo stehenzulassen.

So schleppte Robert sein Gepäck zum Fahrstuhl und fuhr ins Erdgeschoß. Bis zum Bahnhof waren es gut zehn Minuten des Weges und er überlegte, daß er seinem Chef dafür wohl kaum ein Taxi auf die Spesenrechnung setzen konnte ohne sich lächerlich zu machen. Also trug er sein Gepäck langsam die Straße entlang. Bis sein Zug fahren würde, war es noch über eine Stunde Zeit.

Mühsam schleppte Robert seine Taschen und Koffer bis in eine nicht ganz so belebte Ecke in der Bahnhofshalle und stellte sie ab. Vor kurzem waren Anzeigetafeln auf dem Bahnhof eingeführt worden, und dort konnte Robert ablesen, daß er sogar noch über eine Stunde Zeit hatte, bis sein Zug fahren würde. Aber, so überlegte er, lieber zu früh am Bahnhof als zu spät. Noch während er überlegte, was er die Stunde über machen sollte, hörte er seinen Namen.

»Robert! Was machst Du denn hier?«

Er sah sich kurz um und entdeckte dann Andrew Dickens, einen alten Freund noch aus der Schulzeit, mit dem er mal mehr und mal weniger Kontakt hatte.

»Hi Andrew«, rief er aus. »Ich bin auf dem Rückweg nach Hause. Und wie kommst Du her?«

Andrew warf einen Blick auf die Taschen und Aktenkoffer, die Robert mit sich führte und grinste.

»Hast Du Dich für eine Weltreise gerüstet? Ich bin hier bei Verwandten gewesen und fahre in zwei Stunden wieder zurück nach Brighton.«

»Nein«, erwiderte Robert, ebenfalls grinsend. »Nein, ich war auf einer Tagung und bin jetzt auf dem Rückweg. Mein Zug geht in einer Stunde.«

»Wunderbar, dann können wir ja noch einen Kaffee trinken, wenn Du Lust hast.«

»Klar, kann ich gut gebrauchen, die letzte Nacht war höllisch und der Kaffee, den es im Hotel gab, war was zum Blumengießen.«

»Soll ich dir mit Deinem Gepäck helfen?«

»Nein, Danke. Geht schon. Hab's ja auch bis hierher geschafft.«

»Ich kann dir aber was abnehmen.«

»Ich schaff das schon.«

Robert sammelte hektisch sein Gepäck auf. Dann gingen die beiden in Richtung des Bahnhofscafés.

»Du solltest mal was für Deine Nerven tun«, meinte Andrew. »Bist immer noch hektisch wie in der Schule vor den Mathe-Tests.«

»Ach, das gewöhne ich mir nicht mehr ab.«

»Wäre aber sinnvoll, so vergißt du doch nur die Hälfte.«

»Na, bislang bin ich damit ganz gut durchs Leben gekommen.«

»Ja, das sieht man.«

In dem Bahnhofscafé setzten sich die beiden an Tisch für zwei Personen und bestellten Kaffee, nachdem Robert sein Gepäck um seinen Stuhl herum gruppiert hatte.

»Bist du immer noch bei Bleywincles?«

»Ja«, erwiderte Robert. »Da fühle ich mich auch wohl, gutes Arbeitsklima. Und wie steht's bei Dir?«

Andrew winkte ab.

»Meine Abteilung ist aufgelöst worden. Dann war ich ein halbes Jahr arbeitslos und jetzt bin ich wieder an die Uni gegangen und mache noch meinen Doktor in Geschichte. Zurück zu den Wurzeln, wenn du so willst.«

»Ja, also ehrlich gesagt fand ich auch, daß Du als Archivar doch etwas fehl am Platze warst. Wirst du in die Lehre gehen?«

»Ja, diesmal höre ich auf dich.«

Robert zeigte ein leichtes Lächeln.
»Ach ja, manchmal wünschte ich auch, daß ich noch einen Doktor gemacht hätte.«
»Niemand hindert dich, das könntest du immer noch machen.«
»Ich weiß nicht, vielleicht mache ich das auch noch irgendwann.«
Die Servierin brachte den Kaffee und verschwand wieder. Andrew gab Robert die beiden Zuckerwürfel, die neben seiner Tasse lagen, und Robert nahm sie dankend an.
»Immer noch vier auf diese kleine Tasse«, sagte Andrew und Robert nickte eifrig. Die beiden tranken etwas von dem Kaffee.
»Wir hatten vor ein paar ein Tagen eine Terrorübung«, sagte Andrew. »Unser Rektor ist total besessen von der Angst, daß auf unsere Uni auch ein Anschlag verübt werden könnte, seit vor einem halben Jahr das da in New York passiert ist.«
»Naja, ich habe auch schon gemerkt, daß mehr kontrolliert wird. Aber bei uns in der Firma hat sich da nichts getan. Ich glaube, wir sind zu unbedeutend, als daß Bin Laden ein Flugzeug auf unser Büro werfen wird.«
»Ja, meine ich bei uns eigentlich auch, vor allem, wir haben ja nicht mal Islamstudien oder so was bei uns an der Uni, aber der Rektor rechnet jeden Tag mit einem Anschlag. Der hat sogar einen eigenen Notfall-Stab für den Fall eingerichtet, daß ein Attentat auf die Uni verübt wird.«
Robert grinste.
»Na, dann wird es bei Euch ja wohl nie langweilig. Der wird sich sicher auch wieder beruhigen wenn jetzt mal ein paar Jahre nichts passiert ist.«
Andrew nahm einen Schluck Kaffee.
»Ich fürchte, der beruhigt sich selbst dann nicht, wenn 100 Jahre nichts passiert ist.«
»Da hat er noch viel vor.«

»Aber ich finde, das Leben ist überhaupt unbequemer geworden seit der Geschichte mit den Twin Towers. Jeder kleine Sheriff, der sich ein wenig aufspielen möchte, befindet sich auf Terroristenjagd. Ein Freund von mir kommt aus dem Iran. Den haben sie schon dreimal festgenommen. Ohne Grund, einfach so weil er aus der Gegend kommt.«
Robert rümpfte seine Nase.
»Also diese Hysterie hat mich von Anfang an genervt«, meinte er dann.
»Ja, mich auch. In jedem Aktenkoffer wird gleich eine Bombe vermutet.«
Robert nickte und blickte über seine Taschen.
»Verdammt«, brummte er, »ich habe den Aktenkoffer mit den Aufzeichnungen stehen gelassen.«
Andrew grinste.
»Ich habe Dir doch gesagt ich helfe Dir tragen.«
»Kannst Du mal eben kurz auf meine Taschen aufpassen, ich bin gleich wieder da.«
Andrew nickte und Robert rannte aus dem Café und über die Straße in Richtung Bahnhof. Als er zum Eingang hineinkam, traf er auf eine Polizeiabsperrung.
»Nicht so eilig, Mister«, sagte ein Polizist.
»Mein Zug geht in Kürze und ich habe da hinten meinen Aktenkoffer stehen gelassen.«
Der Polizist blickte sich kurz um.
»Ach so, das ist Ihr Koffer.«
»Ja.«
Der Polizist griff zu seinem Funkgerät. Eine gedämpfte Explosion grollte in einer hinteren Ecke der Bahnhofshalle.
»Das tut mir leid«, erwiderte der Polizist.
»Was?«
»Unsere Experten haben ihn gerade gesprengt.«

Der Mann im Café

Robert Crane bestellte sich eine Tasse Kaffee. Er war über eine Stunde zu früh zur Verabredung, wußte jedoch mit dieser Zeit nichts weiter anzufangen, als sich schon einmal in das Kaffee zu setzen und gemütlich eine Tasse Kaffee zu schlürfen.

In einer Ecke des Cafés stand ein Klavier, auf dem ein Pianist herumklimperte und alte schmalzige Liebeslieder wimmerte. Robert grinste und griff sich eine Zeitung, die New York Times, die auf einem Stuhl neben den Tisch lag, und wunderte sich, wieso er in einem Londoner Café eine amerikanische Zeitung fand, begann jedoch, sie mit Interesse zu lesen.

Zwei Männer betraten das Café, von denen einer in der Nähe des Eingangs stehen blieb. Der andere sah sich eine Zeit lang um und ging dann auf Roberts Tisch zu. Als Robert von seiner Zeitung aufblickte, saß ihm der Mann gegenüber.

»Guten Tag, Mr. Barton«, sagte er freundlich, während er in die Innentasche seines dunkelblauen Jacketts griff.

»Barton? Mein Namen ist Crane«, erwiderte Robert leicht irritiert, denn er hatte den Mann in seinem Leben noch nie zuvor gesehen.

»Auch gut. Im Grunde ist es mir gleichgültig wie Sie sich nennen.«

»Wie ich mich nenne? Ist das ein Witz?«

Der Mann deutete kurz auf die Zeitung.

»Sie verstehen?«

Robert blickte auf die Zeitung.

»In keinster Weise. Was meinen Sie?«

Der Mann zog seine Hand wieder aus der inneren Jackettasche und förderte ein kleines graues Päckchen zutage.

»Sie brauchen sich keine Sorgen zu machen, Mr. Crane, das Erkennungszeichen ist eindeutig, und wir

sind die, auf die Sie warten.«
Robert schüttelte seinen Kopf.
»Es tut mir leid, Sie müssen mich verwechseln. Die einzige, auf die ich warte, ist meine Freundin.«
Der Mann, der in der Nähe der Tür stand, wurde sichtlich ungeduldig, während der Mann, der Robert gegenüber saß, noch immer ein mildes Lächeln auf den Lippen trug.
»Sie brauchen sich wirklich keine Sorgen zu machen, Mr. Crane, es ist wirklich alles in Ordnung.«
»Freut mich. Würden Sie dann so nett sein und mich wieder allein lassen?«
»Das wird in Kürze geschehen. Sie übernehmen das Paket und übergeben es dem Kurier. Es ist alles besprochen, und die Aktion wird nicht länger als ein oder zwei Stunden dauern. Sie erhalten dann eintausend Dollar von dem Kurier als Bezahlung.«
Robert sah seinen Gegenüber zweifelnd an.
»Ich glaube, es geht Ihnen nicht ganz gut. Ich bin in einer Stunde mit meiner Freundin verabredet. Auf niemanden sonst habe ich hier gewartet. Also nehmen Sie Ihr Päckchen und geben Sie es selbst ab.«
Der Mann macht eine beschwichtigende Handbewegung in die Richtung des Mannes an der Tür, der mittlerweile reichlich nervös wirkte.
»Sie wissen, daß das nicht möglich ist, Mr. Crane.«
»Das weiß ich nicht. Würden Sie jetzt bitte gehen, oder ich rufe den Kellner.«
Der Mann schüttelte seinen Kopf.
»Das ist keine gute Idee. Eine Schießerei in diesem schönen Café an einem sonnigen Tag wie dem heutigen?«
»Was soll das nun wieder heißen?«
Der Mann öffnete sein Jackett ein wenig und Roberts Blick fiel auf einen Halfter, in dem ein Revolver steckte.
»Ich sage Ihnen: Sie verwechseln mich!«
Der Mann lächelte erneut sein mildes Lächeln.

»Schon möglich, aber darauf kommt es jetzt auch nicht mehr an. Der Auftrag muß jetzt zügig durchgeführt werden. Sie haben die Wahl so zu tun, als seien Sie unser Agent und den Auftrag schnell auszuführen, oder aber ich muß Sie erschießen weil Sie jetzt zu viel wissen.«
Robert sah den Mann beunruhigt an.
»Wieso? Ich weiß doch noch gar nichts.«
»Bitte. Es hängt viel davon ab, daß Sie den Auftrag jetzt durchführen. Machen Sie also kein Theater sondern tun Sie, was ich Ihnen jetzt sage.«
Robert blickte sich zum Kellner um und der Mann griff unter sein Jackett.
»Wer sind Sie überhaupt?«
»Smith, Jones, Baker«, erwiderte der Mann, »wie es Ihnen beliebt.«
Robert rümpfte seine Nase.
»Sehen Sie, Mr. Crane, ich habe mich hier mit unserem Boten verabredet, und das Erkennungszeichen ist diese Zeitung. Sie müssen der Mann sein.«
»Vielleicht ist er auf Toilette und hat die Zeitung hier liegengelassen?«
»Also, lassen Sie uns keine Zeit verlieren. Ich weiß auch nicht, wie lange der Mann am Bahnhof wartet.«
»Sie sind unglaublich.«
Der Mann im dunkelblauen Anzug schob das Päckchen unauffällig zu Robert herüber.
»Stecken Sie es ein. Haben Sie eine Waffe bei sich?«
»Natürlich nicht, ich bin hier mit meiner Freundin verabredet und nicht, um mich in so eine undurchsichtige Geschichte ziehen zu lassen.«
»Es könnte gefährlich werden, da wäre es gut, wenn Sie bewaffnet sind.«
Robert schloß seine Augen und überlegte, ob er möglicherweise noch im Bett lag und dies alles träumte. Als er seine Augen wieder öffnete, saß der Mann noch immer vor ihm.
»Sie machen das schon.«

»Und was genau soll ich machen?«
»Sie gehen zum Bahnhof Victoria Station. Dort halten Sie am Gleis drei Ausschau nach einem Mann, der ein graues Jackett und eine dunkelgrüne Krawatte mit einem hellgrauen Streifen quer über die Krawatte trägt. Er hält eine Ausgabe der New York Times in der Hand. Sie sprechen ihn mit den Worten »Mr. Larkin schickt mich mit einem Präsent zu Ihnen« an.«
»Sind Sie Mr. Larkin?«
»Selbstverständlich nicht.«
»Wie konnte ich nur fragen.«
»Der Kurier wird mit Ihnen einen unauffälligen Ort aufsuchen, wo Sie ihm das Päckchen geben. Er gibt Ihnen dann Ihre Bezahlung und Sie verschwinden dort so schnell wie möglich wieder.«
»Und worin liegt die Gefahr?«
»Darin, daß die Gegenseite dort auch herumlaufen könnte. Sehen Sie sich vor, daß Ihnen niemand folgt und achten Sie nach Möglichkeit darauf, daß Sie mit dem Rücken zur Wand stehen, wenn Sie mal warten müssen.«
Robert sah den Mann zweifelnd an.
»Mit dem Rücken zur Wand?«
»Selbstverständlich, vor drei Monaten ist mal einer unserer Leute auf dem Bahnhof von hinten erstochen worden. Sauberer Stich, direkt ins Herz, das muß ein Profi gewesen sein.«
Robert blickte abwesend auf den Aschenbecher, der auf der kleinen runden Tischplatte stand. Eigentlich wollte er sich nur in einer Stunde mit seiner Freundin hier treffen, und nun sollte er mit dem Rücken zur Wand am Bahnhof auf einen unbekannten Mann mit grüner Krawatte warten.
»Meinen Sie nicht, daß Sie vielleicht noch den richtigen Boten finden könnten?«, fragte er nach kurzem Zögern seinen Gegenüber, der sich gerade anschickte, sich zu erheben.
»Ich habe ihn doch schon gefunden. Sie machen das

schon. Ich gehe jetzt – Sie können in etwa zehn Minuten losgehen. Und beeilen Sie sich bitte.«

Der Mann erhob sich und verließ das Café zusammen mit dem Mann, der in der Nähe des Eingangs des Cafés gewartet hatte. Robert steckte das Päckchen in die Innentasche seines dezent grauen Jacketts und blickte nervös auf seine Armbanduhr. Dann sah er sich im Café um. Nirgendwo saß ein Mann, der Interesse an der Zeitung haben konnte, die vor Robert auf dem Tisch lag, und dem er dann das Päckchen übergeben konnte.

Robert trank seinen Kaffee und bezahlte ihn. Dabei überlegte er, ob er den Kellner anweisen sollte, seine Freundin zu benachrichtigen, gab diesen Gedanken dann allerdings auf. Es war noch eine knappe Stunde bis zur Verabredung, und vielleicht schaffte er es ja noch – wenn er den Auftrag überlebte.

Noch immer konnte Robert nicht nachvollziehen, wieso er sich dazu hatte überreden lassen, dazu noch von einem Mann, von dem er nicht wußte, zu wem er gehört und welchen Hintergrund er hatte. Vielleicht sollte er einfach im Café sitzen bleiben und später das Päckchen der Polizei übergeben. Andererseits hatte er dem Mann seinen Namen genannt, und er konnte ja auch nicht wissen, ob er beschattet würde.

Also entschloß Robert sich, das Päckchen schnell zu übergeben und die Angelegenheit danach so bald wie möglich zu vergessen. Die zehn Minuten waren herum. Bis zur Victoria Station waren es knapp fünfzehn Minuten des Weges. Sollte der Mann pünktlich sein und alles glatt laufen, konnte er schon in einer Dreiviertelstunde wieder im Café sitzen.

Robert schob seine Hände tief in seine Hosentaschen, während er die Straße zum Bahnhof entlang ging. Dabei schaute er sich immer wieder kurz um, ob ihm jemand folgte. Würde er dieses ungute Gefühl jemals wieder loswerden?

Nach etwas mehr als zehn Minuten erreichte Robert

die Victoria Station. Er durchschritt die Bahnhofshalle zum Gleis drei und sah sich dort kurz um. Dabei stellte er fest, daß es auf dem Gleis drei keine Wand gab, an die er sich mit dem Rücken stellen konnte, also ging er nervös auf und ab und betrachtete die Leute, die auf dem Gleis drei auf ihren Zug warteten.
Er beschloß, auf den Mann allenfalls eine halbe Stunde zu warten und anschließend zur Polizei zu gehen, denn schließlich war er ja bedroht worden. Wieder und wieder sah Robert nervös auf seine Uhr und blickte sich auf dem Bahnsteig um.
Nachdem Robert eine Viertelstunde lang gewartet hatte, betrat ein Mann in einem grauen Jackett und mit dunkelgrüner Krawatte mit grauem Streifen den Bahnsteig. Robert ging einige Schritte auf ihn zu.
»Ich haben ein Präsent von Mr. Larkin für Sie.«
Robert hatte im Gefühl, daß er sich den Satz falsch gemerkt hatte, aber der Mann blickte trotzdem auf.
»Sie?«, fragte er sichtlich erstaunt, jedoch auch gedämpft. »Wer sind Sie denn? Ich dachte... Was ist mit Barton?«
»Wüßte ich auch gerne«, brummte Robert. »Ein Mann in einem dunkelblauen Anzug hat mich genötigt, Ihnen das Päckchen zu übergeben. Würden Sie es bitte schnell an sich nehmen?«
Der Mann sah sich um.
»Verniers Leute sind auf dem Bahnhof«, erwiderte er leise. »Wir müssen aufpassen, daß sie uns nicht sehen. Folgen Sie mir in einigem Abstand.«
Robert wähnte sich noch immer in einem Alptraum, als er dem Mann mit der grünen Krawatte in einigem Abstand folgte. Er ging durch die Bahnhofshalle, zunächst offensichtlich ziellos, sah sich dabei jedoch immer wieder um.
Schließlich bog der Mann um eine Ecke, hinter der Gepäckfächer waren. Die beiden gingen zwischen den Schließfächern entlang. Plötzlich wandte sich der Mann um, so daß Robert sich leicht erschreckte.

»Schnell, geben Sie her«, sagte er hastig. »Wenn sie uns erwischen ist es besser, wenn Sie das Päckchen nicht mehr haben.«

»Nichts lieber als das.«

Robert griff in seine Innentasche und nahm das kleine graue Päckchen heraus. Der Mann steckte das Päckchen eilig ein.

»Ich danke Ihnen«, sagte der Mann. »Lassen Sie uns jetzt sehen, daß wir Sie wieder lebendig vom Bahnhof bekommen.«

»Meinen Sie, die haben mich bemerkt?«

Der Mann machte eine abwägende Bewegung mit seiner rechten Hand.

»Kann man nie wissen. Wir wollen kein Risiko eingehen.«

Robert nickte zustimmend, und die beiden gingen vorsichtig zu der Ecke, um die sie vor wenigen Minuten gebogen waren. Der Mann warf einen vorsichtigen Blick in die Bahnhofshalle und zog seinen Kopf hastig zurück.

»Verdammt, sie sind auf dem Weg hier hin. Offensichtlich suchen sie uns. Kommen Sie mit!«

Die beiden liefen hinter den Schließfächern her, und Robert hoffte, daß sich der Weg nicht zur Sackgasse entwickeln würde, denn dort waren nur wenige Leute unterwegs.

Nach wenigen Metern gelangten die beiden an eine Tür, auf die der Hinweis zu lesen war, daß dort nur Personal Zugang habe. Der Mann, dem Robert das Päckchen überreicht hatte, öffnete die Tür. Sie führte in einen Heizungsraum.

Die beiden Männer betraten den Raum und schlossen die Tür hinter sich. Robert blickte sich kurz um. Nirgendwo war ein Mechaniker zu sehen, und so liefen die beiden in den Heizungsraum hinein und versteckten sich hinter einem Heizungskessel. Dort warteten sie eine Zeit lang.

Die Geräusche, die die Entlüftungsanlage machte,

waren so laut, daß sie das Öffnen und Schließen der Tür kaum hörten.
»Ob die das sind?«, flüsterte Robert.
»Vermutlich.«
»Und jetzt?«
»Leise.«
Der Mann zog seinen Revolver und entsicherte ihn vorsichtig. Erneut schloß Robert seine Augen und hoffte, in seinem Bett aufzuwachen, wenn er sie wieder öffnete, aber er wurde abermals enttäuscht.
»Haben Sie eine Waffe?«
»Woher?«, fragte Robert.
»Entschuldigen Sie, hätte ja sein können.«
Die beiden Männer schlichen vorsichtig hinter den Heizkesseln her, wobei Robert stets dem Mann folgte. Dabei versuchte Robert zu ergründen, wieso er eigentlich keine Angst hatte. Dann fiel sein Blick auf einen Mann in einem dunklen Anzug, der sofort einen Revolver auf die beiden richtete. Der Mann stieß Robert hinter einen Heizkessel, und ein metallischer Knall ertönte, als die Kugel des Mannes im Dunklen Anzug an einem Heizkessel abprallte.
Der Mann hob seinen Revolver und erwiderte das Feuer. Während des Schußwechsels verkroch sich Robert hinter dem Heizkessel und verbarg seinen Kopf in seinen Armen. Nun spürte er klar und deutlich, daß er Angst hatte.
Plötzlich schrie jemand auf, dann herrschte eine gespenstische Stille. Robert blickte vorsichtig auf und sah, daß der Mann im grauen Jackett offensichtlich noch lebte.
»Warten Sie hier«, wies er Robert an.
»Keine Sorge«, murmelte Robert. Der Mann ging um den Heizkessel herum. Es ertönte ein weiterer Schuß und der Mann kehrte zu Robert zurück.
»Kommen Sie, wir müssen durch den Lüftungsschacht rausklettern.«
Robert blickte an sich herab.

»Den Anzug habe ich gerade seit zwei Tagen«, brummte er.
»Seien Sie froh, mit ein paar Einschußlöchern hätte er gewiß noch häßlicher ausgesehen.«
Robert hob seine Schultern und folgte dem Mann. Sie liefen eilig durch den Heizungsraum, bis sie zu großen Lüftungsschächten kamen. Der Mann montierte das Gitter ab und ließ Robert zuerst hinein kriechen.
»Wenn Sie etwas Verdächtiges bemerken, bleiben Sie sofort stehen.«
Robert nickte. Der Mann folgte Robert und befestigte das Gitter so gut es ging von innen wieder vor dem Schacht.
»Die waren zu zweit«, erklärte der Mann. »Sollte mich nicht wundern, wenn der andere hier nachsehen kommt.«
»Sie haben... den Mann erschossen?«
»Hätte ich ihn uns erschießen lassen sollen?«
»Nein, aber ich meine, als er schon verletzt war...«
»Hören Sie, Mister, dies ist wirklich nicht der Ort, über die Ethik in diesem Beruf zu diskutieren. Sie können mir allerdings glauben, daß der Mann es umgekehrt genauso gemacht hätte.«
»Ich weiß ja gar nicht, welchen Beruf Sie überhaupt haben.«
»Um so besser. Je weniger Sie wissen, desto sicherer sind Sie.«
»Bis mich Ihre Leute das nächste Mal belästigen. Ich bin da einfach so reingeraten!«
»Das glaube ich Ihnen sogar, aber jetzt seien Sie ruhig, diese Schächte isolieren den Schall nicht so gut. Kriechen Sie weiter geradeaus.«
Robert kroch auf Händen und Knien durch den Lüftungsschacht und bemüht sich, dabei so wenig Geräusche wie möglich zu verursachen. Die beiden Männer kamen nur langsam voran und Robert überlegte, wie lange wohl seine Freundin im Café auf ihn warten würde, wenn er sich nun verspäten würde.

Nachdem die beiden Männer eine längere Zeit durch den Schacht gekrochen waren, kamen sie erneut an einem Raum an, in den sie durch ein Gitter sehen konnten. Robert stellte fest, daß sich niemand in dem Raum befand.
»Gut«, sagte der Mann, »dann stemmen Sie sich jetzt gegen das Gitter.«
»Aber das wird abbrechen.«
Im nächsten Moment bemerkte Robert, daß seine Bemerkung ziemlich dumm gewesen sein mußte, denn der Mann verdrehte leicht seine Augen. Also stemmte sich Robert gegen das Gitter, bis es herausbrach.
Die beiden Männer gelangten nun in eine Art Gepäckraum. Der Mann setzte das Gitter notdürftig wieder ein und bewegte sich langsam mit Robert durch den Gepäckraum. Schließlich kamen die beiden an einer Tür an, die der Mann vorsichtig öffnete. Sie führte in einen Vorraum, in dem sich Bahnangestellte befanden, also schloß der Mann die Tür leise und unauffällig.
»Was jetzt?«, flüsterte Robert.
»Hinten raus. Hier gibt es bestimmt noch einen Ausgang.«
Robert atmete durch.
»Beim letzten Mal, als ich verstecken gespielt habe, war ich zwölf!«
»Es macht Ihnen nichts aus, wenn ich später über Ihre Bemerkung lache?«
»Durchaus nicht.«
Die beiden schlichen sich durch den Gepäckraum. Der Mann im grauen Anzug sah zum ersten Mal auf die Uhr.
»In zehn Minuten werde ich vor dem Bahnhof abgeholt.«
»Und ich habe in zehn Minuten eine Verabredung mit meiner Freundin.«
»Dann wollen wir uns mal bemühen, daß wir beide nicht zu spät kommen.«

Sie setzten ihren Weg durch Koffer, Kisten und sonstigem Frachtgut fort. Der Mann lud leise seinen Revolver nach.
»Glauben Sie, daß Sie den noch mal brauchen?«
»Gehen wir lieber kein Risiko ein.«
Schließlich gelangten die beiden an eine Tür. Der Mann drückte die Klinke herunter und stellte dabei fest, daß sie abgeschlossen war.
»Was jetzt?«
Robert sah sich in dem fensterlosen Lagerraum um.
»Gehen Sie ein Stück zurück.«
»Sie wissen doch gar nicht, was hinter der Tür ist.«
»Darauf müssen wir es jetzt ankommen lassen.«
Robert ging hinter einer Frachtkiste in Deckung und der Mann schoß drei Mal auf das Türschloß. Robert wartete hinter der Kiste, bis der Mann ihn leise rief.
»Kommen Sie.«
Hinter der Tür gelangten die beiden in einen Flur, der offensichtlich nicht benutzt wurde. Sie gingen vorsichtig den Flur entlang, bis sie zu einer Treppe kamen, die sie herunterstiegen. Dort gelangten sie zu einer Tür, die wieder in die Bahnhofshalle führte.
»In Ordnung«, sagte der Mann. »Ich gehe jetzt raus, Sie warten fünf Minuten. Wenn ich wieder im Hauptquartier bin werde ich mal versuchen herauszufinden, wieso Sie in die Sache verwickelt wurden. Wenn es in meiner Macht steht werde ich dafür sorgen, daß Sie nie wieder belästigt werden. Am besten vergessen Sie den heutigen Tag einfach.«
»Danke, ich werde mich bemühen.«
Der Mann zeigte zum ersten Mal ein leichtes Lächeln und verschwand durch die Tür in der Bahnhofshalle. Robert lehnte sich gegen die Wand und schloß seine Augen, nachdem er auf seine Armbanduhr geschaut hatte. Nach längerer Zeit öffnete er seine Augen wieder und blickte an sich herab. Sein grauer Anzug hatte schwarze, dunkelgraue und braune Flecken.
»Und keine Zeit mich umzuziehen«, murmelte Robert.

Dann trat auch er durch die Tür in die Bahnhofshalle und blickte sich vorsichtig um. Offensichtlich hatte ihn niemand bemerkt.
Während er den Ausgang des Bahnhofs ansteuerte bemerkte er zwei Polizisten, die in Richtung der Schließfächer liefen. Dann erreichte er auch schon den Ausgang des Bahnhofs. Von dem Mann im grauen Jackett war keine Spur mehr zu sehen.
Robert schüttelte seinen Kopf und lief eilig in die Richtung des Cafés zurück, wo er mit seiner Freundin verabredet war. Ein Blick auf seine Uhr sagte ihm, daß er sich um gut zehn Minuten verspäten würde, wobei er sich sicher war, daß seine Freundin so lange warten würde.
Schließlich erreichte er im Laufschritt das Café, vor dem seine Freundin Janet tatsächlich auf ihn wartete. Sie lief auf ihn zu, als sie ihn sah. Es folgte ein besorgter Blick auf Roberts Kleidung, bevor sie ihn mit einem Kuß begrüßte.
»Was ist Dir denn passiert?«, fragte sie.
»Ach, das ist eine lange Geschichte«, erwiderte Robert. »Wollen wir erst mal Kaffeetrinken gehen?«
Janet lächelte.
»Klar.«
Die beiden betraten das Café, und Robert sah sich kurz nach einem freien Tisch um. Dabei fiel sein Blick auf den Tisch, an dem er gewartet hatte. Dort saß ein Mann in einem grauen Anzug, der dem seinen ähnlich war, und las die New York Times. Als Robert und Janet das Café betraten, blickte dieser Mann kurz auf, als wartete er auf jemanden, senkte den Blick jedoch sofort in seine Zeitung.
Robert betrachtete den Mann eine Zeit lang und senkte dann seinen Blick, was Janet nicht entging.
»Ist etwas?«
»Wie? Nein«, erwiderte Robert. »Nichts. Äh... glaube ich jedenfalls...«

Teil II

Spuren im Schnee

12 Kurzkrimis

Hensons Mörder

Der Mann war zweifelsohne tot. John stand vor der Leiche, die im Fahrradkeller des Hauses lag, in dem er wohnte. Eigentlich mußte er jetzt zur Arbeit, aber einfach so losfahren, ohne die Leiche der Polizei zu melden, wollte John doch nicht. In dem Postamt, in dem er arbeitete, würde man dafür schon Verständnis haben, dachte John. Er drehte sich um, um den Fahrradkeller zu verlassen. Da stand sein Nachbar, Antony Brenton, vor ihm.
»Nun, Mr. Sly, ekelhafte Sache, wie?«, fragte Brenton.
»Kann man wohl sagen.«, erwiderte John.
»Wenn Sie sich freiwillig stellen, gibt es Strafmaßverringerung.«
John starrte Brenton an.
»Wieso sagen Sie das? Ich war es nicht.«
Ein dritter Mann betrat den Keller. Er trug einen grauen Anzug und schwarze Schuhe. Daher fiel das rote Halstuch, das er sich um den Hals geschlungen hatte, besonders auf. Weder John noch Brenton kannten diesen Mann.
»Immer mit der Ruhe«, sagte der Mann. »Wer wird hier weswegen beschuldigt?«
»Mr. Sly richtete sich gerade auf, als ich hereinkam. Das beweist genug.«, sagte Brenton.
»Nein, das beweist nicht genug«, stellte der Mann mit dem roten Halstuch fest. »Aber wir werden sehen. Kennt einer von Ihnen diesen toten Herren?«
»Sicher«, erwiderte John. »Das ist Mr. Henson. Er wohnt im vierten Stockwerk. Wohnte im vierten Stockwerk.«
»Kannten Sie ihn auch, Mister...«
»Brenton. Ja, ich kannte ihn auch. Er wohnte schon dreizehn Jahre hier.«
Der Mann mit dem roten Halstuch nickte zufrieden.
»Nun gut. Sie beide kannten ihn. Hatte einer von Ih-

nen Streit mit Mr. Henson?«

»Ich nicht«, sagte Brenton gedehnt, »Aber, Mr. Sly, war da nicht etwas?«

»Glauben Sie, daß ich Mr. Henson umgebracht habe, nur weil er vor zwei Wochen meine Freundin beschimpft hat?«

»Das ist als Mordmotiv wirklich etwas dürftig«, stellte der Mann mit dem roten Halstuch mit ruhiger Stimme fest.

»Darf ich Sie daran erinnern, daß Sie Mr. Henson noch 2.000 Pfund schulden?«, wollte John von Brenton wissen.

»So viel?«, fragte der Mann mit dem roten Halstuch.

»Nun...«, sagte Brenton sichtlich nervös. »Er war Malermeister und hat meine Wohnung neu gestrichen. Die Rechnung hatte ich noch nicht beglichen...«

»Geldfragen sind gute Mordmotive«, sagte der Mann mit dem roten Halstuch.

»Wollen Sie mich beschuldigen?«

»Wieso nicht? Sie beschuldigen Mr. Sly doch des gleichen Verbrechens. Aber lassen Sie uns nach Beweismaterial suchen.«

Der Mann mit dem roten Halstuch ging zur Leiche und zog ihr das Messer aus der Brust. Mit dem Messer ging er zu John und Brenton.

»Kennt einer von Ihnen dieses Messer?«, wollte er wissen. Brenton zuckte leicht zusammen, was dem Mann mit dem roten Halstuch nicht entging.

»Sie erschrecken, Mr. Brenton?«, fragte er freundlich. »Ist es etwa Ihr Messer?«

»Das... das kann nicht sein«, rief Brenton erblassend aus.

»Haben Sie Mr. Sly vielleicht nur deshalb beschuldigt, ein Mörder zu sein, um von sich abzulenken?«

»Mr. Brenton«, sagte John. »Wenn das nicht Ihr Messer ist, müßte Ihr Messer doch in noch in Ihrer Wohnung sein.«

»Stimmt«, sagte der Mann mit dem roten Halstuch,

während er das Messer mit einem Papiertaschentuch abwischte und einsteckte. »Gehen wir in Ihre Wohnung und sehen nach.«
Die drei stiegen die Stufen aus dem Keller in das Treppenhaus hinauf und setzten ihren Weg zu der Wohnung von Brenton fort, die im dritten Stockwerk lag. Brenton schloß die Wohnungstür auf und lief eilig in die Küche, gefolgt von John und dem Mann mit dem roten Halstuch. Er riß eine Küchenschublade auf und holte ein Messer hervor, das genau so aussah wie die Mordwaffe.
»Hier ist es«, rief er triumphierend aus.
»Sollten Sie eventuell ein zweites Messer haben?«, fragte der Mann mit dem roten Halstuch mit einem leichten Lächeln auf seinen Lippen. »Kehren wir doch in den Fahrradkeller zurück und klären wir, was Sie beide dort zu suchen hatten.«
Die drei Männer verlassen Brentons Wohnung und kehren zurück in den Fahrradkeller.
»Nun, Mr. Sly, was haben Sie hier unten gewollt?«, wollte der Mann mit dem roten Halstuch wissen.
»Ich fahre immer mit dem Fahrrad zur Arbeit.«, erwiderte John.
»Immer?«
»Nein, erst seit einer Woche. Mein Freund, der mich sonst immer auf seinem Motorrad mitgenommen hat, hatte einen Unfall und liegt jetzt im Krankenhaus.«
»So, so.«, meinte der Mann mit dem roten Halstuch. »Und Sie, Mr. Brenton?«
»Ich war auf dem Weg in meinen Kartoffelkeller als ich Mr. Sly sah.«
»Man kann beides bezweifeln.«, sagte der Mann mit dem roten Halstuch ruhig. »Hatte Mr. Slys Freund tatsächlich einen Unfall? Wollten Sie, Mr. Brenton wirklich in den Kartoffelkeller, oder wurden Sie auf dem Rückweg von Ihrer Bluttat von Mr. Sly überrascht und wollen nun die Schuld auf ihn schieben? Nun, meine Herren, ich hoffe, Sie sehen, daß der Fall kom-

plizierter ist, als zu sagen, daß Mr. Sly sich gerade aufgerichtet hat.«

Brenton nickte. Der Mann mit dem roten Halstuch ging zur Tür des Fahrradkellers.

»Das ist erfreulich«, sagte er, als er an der Tür angekommen war. »Das war alles, was ich Ihnen klarmachen wollte.«

»Wer sind Sie eigentlich?«, fragte John.

»Ich?«, fragte der Mann mit dem roten Halstuch und nahm die Klinke der Fahrradkellertür in die Hand. »Ich bin Hensons Mörder.«

Der Treffpunkt

Es schneite dicke Schneeflocken und Mark war deshalb auch etwas spät dran. Doch diesmal sollte alles klappen. Wenn er das Geld in den Händen hatte, konnten sie ihn alle mal...

Mark fuhr mit dem Wagen bis zum Treffpunkt. Doch dort war niemand. Offensichtlich war George auch durch den dicht fallenden Schnee aufgehalten worden. Mark grinste. Für diesmal hatte er sich alles bestens überlegt. George war im Nachteil. Er mußte die 1000 Pfund einfach rausrücken, sonst würde Mark ihn anzeigen.

Mark guckte auf seinen Uhr. Es war 20:12 Uhr. Mark überlegte, ob er nicht bei George vorbeigehen sollte. Der Treffpunkt war ihm allerdings lieber. Es war dunkel: Nur eine einsame Laterne leuchtete in einiger Entfernung durch den dichten Schneefall. Das Licht fiel matt auf den kleinen Wagen von Mark, der wieder nervös auf die Uhr sah.

Ja, er wußte Bescheid. Er kannte jeden Penny, den George in dem Modegeschäft, in dem er arbeitete, unterschlagen hatte. Und noch heute Abend wollte er von diesem Wissen profitieren.

Der Schnee fiel dichter und die Sicht wurde schlechter. In einiger Entfernung waren zwei Scheinwerfer zu erkennen, die näher kamen. Dann wurde der Wagen selbst sichtbar. Es war der von George.

George hielt seinen Wagen knapp hinter dem von Mark und stieg aus.

»Na, du Blutsauger.«, begrüßte er Mark.

»Ich soll dich wohl anzeigen, wie?«, fragte Mark grinsend.

»Ich hätte mir denken können, daß du ein Fiesling bist. Hier hast du das Geld. Bereite dir ein Festmahl und ersticke dran.«

Mark nahm den Umschlag mit dem Geld entgegen und zählte das Geld nach.
»Du solltest nicht so viel Zeit vor dem Fernseher zubringen.«, sagte er dabei. »Das verdirbt dich.«
»Und du hältst dich mit deiner Erpressertour für etwas Besseres, was?«, fragte George wütend.
»Ja, ja.«, antwortete Mark und steckte grinsend den Umschlag mit dem Geld ein. »Ich beherrsche die Kunst des Geschäftemachens.«
»Und du glaubst, ich falle jetzt vor dir auf die Knie, wie? Da irrst du dich aber. Ach, bevor ich es vergesse, ich wollte dir noch etwas geben.«
»Und zwar?«, fragte Mark noch immer grinsend.
George holte blitzschnell aus und schlug Mark mit voller Kraft seine rechte Faust ins Gesicht. Mark taumelte zurück. George schlug noch einmal zu. Dann schlug Mark zurück. Innerhalb kürzester Zeit war eine heftige Schlägerei zwischen den beiden im Gange. Nach fünf Minuten lag George regungslos im Schnee.
»George?«, fragte Mark unsicher und berührte ihn. »Sag' doch was!«
Mark tastete an Georges Hals nach dem Puls. Aber er konnte ihn nicht finden.
»Er ist tot.«, flüsterte Mark erschreckt. Dann versuchte er ruhig zu überlegen, was er nun mit der Leiche tun sollte. So wie George aussah, konnte man keinen Unfall mehr vortäuschen. Mark guckte im Wagen von George nach. Der Zündschlüssel steckte noch im Zündschloß. Mark schloß den Kofferraum des Wagens auf und lud Georges Körper in den Kofferraum. Er plante, George mit dessen Wagen in der Themse zu versenken.
Mark stieg in den Wagen und fuhr in Richtung Innenstadt. Der Treffpunkt lag ziemlich weit außerhalb Londons und in der Innenstadt kannte er eine Stelle, an der er mit dem Wagen heranfahren und ihn über das Ufer schieben konnte.
Je weiter er in die Innenstadt kam, desto leerer wur-

den die Straßen. Als er nur noch wenige Kilometer von seinem Ziel entfernt war, bemerkte er einen Polizeiwagen hinter sich. Hatte man ihn beobachtet? Verfolgte man ihn nun, um ihn beim Abladen der Leiche festzunehmen? Mark sah immer öfter in den Rückspiegel. Es mußte so sein. Man hatte ihn beobachtet und wollte ihn nun festnehmen.

Mark bog in eine Hauptstraße ein und trat das Gaspedal durch. Ihn hetzte nur ein Gedanke: Sie dürften ihn nicht bekommen, dazu noch mit der Leiche im Kofferraum! Er hatte noch sein ganzes Leben vor sich und endlich eine größere Summe Geld. Das wollte er nutzen.

Mark fuhr die Hauptstraße entlang, bis er an einer Umleitung in eine Nebenstraße einbiegen mußte. Durch seinen Kopf spukte die Erinnerung an die drei Monate, die er im Gefängnis wegen Körperverletzung gesessen hatte. Nein, das wollte er nicht noch mal durchmachen. Der Polizeiwagen überholte ihn und der Polizist schwenkte eine rote Kelle. Mark zog den Revolver, den er für den Fall von Schwierigkeiten mitgenommen hatte, aus seiner Hosentasche und richtet sie schräg von unten zwischen dem Beifahrer- und Fahrersitz auf das Fenster und kurbelt es herunter. Einer der beiden Polizisten tritt an das offene Wagenfenster.

»Darf ich mal ihren...«, fragte er. Mark drückte ab. Nun war es so oder so zu spät. Der Polizist sank neben dem Wagen in den Schnee. In Panik setzte Mark den Wagen zurück und raste davon. Dabei entging ihm, daß der Polizeiwagen die Verfolgung nicht aufnahm, sondern sich der Polizist um seinen leichtverletzten Kollegen kümmerte, nachdem er Verstärkung gerufen hatte.

Doch dann waren sie hinter ihm her. Ihre Sirenen heulten und die Lampen auf den Dächern der Wagen blinkten. Mark fuhr immer schneller durch den immer dichter fallenden Schnee. Dabei sah er immer

öfter in den Rückspiegel und über seine Schulter nach den Polizeiwagen, die ihn verfolgten. Nein, er wollte nicht in den Knast, schon gar nicht für Doppelmord. Damit würde er für den Rest seines Lebens sitzen!
Der Wagen wirbelte um die Ecken und schleuderte manchmal dabei. Mark bemerkte, daß die Polizeiwagen an solchen Stellen kein Risiko eingingen und ihr Tempo reduzierten. Mark wollte schon immer gerne Rennfahrer werden. Er hatte sich auch einen reichlich riskanten Fahrstil angewöhnt, der ihm auch schon so manchen Strafzettel eingebracht hatte. Für ihn war es nichts Außergewöhnliches mit quietschenden Reifen in die Kurven zu gehen. Mit hoher Geschwindigkeit bog er in den Swan Walk ein. Der Wagen schleuderte auf der glatten Fahrbahn, überschlug sich und rollte brennend die Böschung herunter in die Themse. Die Polizeiwagen hielten an der Böschung an.
An dem Abend holten die Polizisten zwei Männer aus dem Wagen. Der eine war im brennenden Fonds des Wagens ums Leben gekommen. Der andere hatte überlebt. Sein Glück war es, daß er im Kofferraum war, der ihn vor den Flammen bewahrt hatte, die das Führerhaus ausgebrannt hatten...

Opfer moderner Technik

Ich höre die Leute immer über die Opfer moderner Technik reden. Ich bin ein Opfer moderner Technik:
Neulich fuhr ich mit Martin, einem Schulfreund von mir, in meinem Wagen die Straße entlang. An meinem Wagen ist wirklich nichts auszusetzen, und beim Fahren versuchte ich immer, mich an die Verkehrsregeln zu halten. Es war auch kein besonderer Tag. Das Wetter war gut und wir kamen beide gerade von der Universität zurück, an der wir beide studierten. Weil Martin keinen Wagen hatte und wir einen Teil des Weges von der Uni in die Stadt gemeinsam hatten, nahm ich ihn stets mit, wenn wir zur gleichen Zeit aus der Uni kamen.
Kurz nachdem wir in die Hauptstraße eingebogen waren, überholte mich plötzlich ein Polizeiwagen mit blinkendem »Bitte folgen«-Schild. Wir fuhren also brav hinterher. Nächste Kreuzung links, Straße geradeaus, rechts, links und wieder links. Langsam fragte ich mich, ob Martin etwas ausgefressen hatte und die Polizisten ihn beim Überholen erkannt hatten. Ich, jedenfalls, war mir keiner Schuld bewußt.
Auch Martin wurde sichtlich mulmig und wir sahen einander bedeutungsvoll an. Immerhin hatten sich schon einige Gelegenheiten gezeigt, an denen die Polizisten uns an den Straßenrand hätten winken und stellen können.
»Sag mal«, hob ich an, »hast Du irgend etwas verbrochen, was uns die Polizei auf den Hals gebracht haben könnte?«
Er sah mich ratlos an.
»Nicht daß ich wüßte. Du etwa?«
»Nein, mir würde jetzt auch nichts einfallen, wofür die Polizei mich suchen könnte.«
Als wieder einmal eine Ampel an der Kreuzung auf rot stand, überlegte ich ernsthaft, ob ich nicht mal aus-

steigen und die Polizisten ansprechen sollte. Doch bevor ich mich dazu entschließen konnte sprang die Ampel auf Grün und die Fahrt ging weiter.
»Sag mal«, fragte Martin, »kommen wir nicht etwas weit ab vom Weg?«
»Was soll ich denn tun? Wenn ich jetzt abhaue, bringt das doch auch nichts. Als die uns überholt haben, haben sie doch sicher meine Nummer notiert und ich bin dann auch noch wegen Fahrerflucht dran.«
»Aber du fliehst doch vor gar nichts. Du hast doch nichts ausgefressen und einen Unfall hatten wir auch nicht. Vielleicht hat jemand deinen Wagen verwechselt und den Polizisten die falsche Autonummer gegeben?«
»Was weiß ich. Jedenfalls sind wir jetzt schon bald fünf Minuten hinter dem Polizeiwagen her.«
Martin blickte aus dem Seitenfenster und zog seine schwarze Schirmmütze etwas tiefer ins Gesicht. Langsam hatten wir die halbe Innenstadt durchfahren. Der Polizeiwagen fuhr offensichtlich in die Richtung des Polizeireviers in der Innenstadt. Sollten sie uns gar sofort ins Gefängnis stecken wollen? Oder vielleicht war alles nur ein riesiger Irrtum?
»Vielleicht haben sie und einfach verwechselt«, sagte Martin, als habe er meine Gedanken erraten. »Nachdem wir uns beide ja nichts vorzuwerfen haben, kann es nur eine Verwechslung sein.«
»Mit wem soll man uns wohl verwechseln?«
»Keine Ahnung«, erwiderte Martin und schob seine Schirmmütze wieder etwas nach oben. »Wer wird denn gerade von der Polizei gesucht? Vielleicht hat es ja auch politische Gründe, wegen derer man hinter uns her ist?«
Ich lachte kurz auf.
»Politische Gründe, ich bitte dich. Das ist doch absurd.«
»Daß wir hier jetzt schon seit Minuten hinter einen Polizeiwagen herfahren findest du nicht absurd? Wer

weiß, vielleicht sacken sie vor der nächsten Wahl schon mal alle ein, die Kohl abwählen könnten.«
»Ideen hast du...«
Wieder hielten wir an einer roten Ampel. Der Kesselbrink war nicht mehr weit und damit konnten wir auch darauf hoffen, daß wir nun bald erfahren würden, warum wir dem Polizeiwage bis zum Innenstadtrevier folgen mußten. Martin zog wieder seine schwarze Schirmmütze etwas tiefer ins Gesicht.
»Ohne Anwälte sagen wir aber nichts«, sagte er und grinste breit unter dem Schirm seiner schwarzen Mütze. Ich winkte ab.
»Soweit wird das schon nicht kommen. Entweder gibt es nur ein Knöllchen oder das Ganze ist sowieso ein Riesenirrtum.«
»Meinst du, die lassen dich durch die ganze Stadt hinter ihnen herfahren, wenn sie dir nur sagen wollen, daß deine Bremslampe kaputt ist?«
Der Polizeiwagen bog wieder links ab und fuhr auf einen Polizeiparkplatz. Wir folgten ihm und stiegen aus. Die Polizisten verließen ebenfalls ihren Wagen. Mit eingeübten, schuldbewußten Gesichtern gingen wir auf die Polizisten zu. Martin hatte noch immer seine Schirmmütze ins Gesicht gezogen, so daß er gerade so unter dem Schirm hervorschauen konnte.
»Guten Tag«, sagte einer der beiden Polizisten. »Können wir Ihnen behilflich sein?«
Ich stutzte.
»Sie uns?«
»Naja, Sie müssen doch einen Grund haben, aus dem Sie uns gefolgt sind, oder?«
Ich deutete auf das 'Bitte folgen' - Schild.
»Naja, wir hatten ja wohl keine Wahl. Sicher hatten Sie doch schon meine Autonummer notiert, als Sie uns überholt hatten.«
Der erste Polizist errötete leicht während der andere grinste.
»Oh, das tut mir leid... äh...«, sagte er dann. »Ich

fürchte, ich habe vergessen, das Schild wieder auszuschalten, nachdem wir jemanden angehalten hatten. Die Anzeige im Auto, die leuchtet, wenn wir das Schild eingeschaltet haben, funktioniert nicht richtig, und da vergesse ich manchmal, das wieder abzuschalten... Ich hoffe, Ihnen sind jetzt nicht zu viele Unannehmlichkeiten entstanden...«

Ladenschluß

»Ina, kommst Du bitte mal?«
Karl trug seine Kasse in das Büro und begann, das Geld zu zählen. Die stellvertretende Filialleiterin des Discounters, Ina Hauser, betrat das Büro und nahm einen Abrechnungszettel aus einer Ablage.
»War ganz schön was los heute«, sagte sie, während sie Karl Varns' Namen und Kassierernummer in das Formular eintrug. Karl nickte kurz, während er die Geldscheine zählte und nach 5, 10, 20 und 50 Euro-Scheinen stapelte.
Nach einiger Zeit trug er dann die Summen, die er gezählt hatte, in den Abrechnungszettel ein, während Ina die Scheine nachzählte. Karl bereite die Kasse inzwischen für den nächsten Tag vor.
»Fünf Euro Minus«, stellte Ina fest. »Gute Leistung für den Rummel, den wir hatten.«
Karl lächelte leicht.
»Man tut was man kann.«
Ina öffnete den Tresor und legte das Geld hinein. Seine Kasse war die letzte, die an diesem Abend abgezählt wurde. In der Filiale hatten die beiden anderen Kollegen bereits damit begonnen, alles für den nächsten Tag vorzubereiten.
»Den Umsatz werden wir nicht mehr lange mit vier Leuten am Nachmittag schaffen«, stellte Karl fest. »Das war heute schon der reine Streß.«
Ina winkte ab.
»Du machst Dir doch nicht wirklich Hoffnung, daß noch mehr Leute eingestellt werden. Du kennst doch die Zentrale.«
»Ja, sicher kenne ich die. Ich habe aber trotzdem einen Brief geschrieben und angekündigt, daß wir hier mehr Leute brauchen.«
Ina warf einen sorgenvollen Blick zu Karl.
»Häng Dich da nicht zu sehr rein. Das sehen die in der

Zentrale nicht gerne. Bringt nur Ärger.«
Karl hob seine Schultern.
»Dann bringe ich Ärger zurück, ich fürchte mich nicht vor denen.«
Er bemerkte, daß Ina etwas sagen wollte, es dann aber doch nicht tat.
»Was ist denn?«
»Da waren schon welche hier. An Deinem freien Tag. Haben hier herumgeschnüffelt und wollten die alten Abrechnungen sehen... Außerdem haben sie mir gesagt, ich solle Dir das nicht sagen, das weißt Du also nicht von mir.«
Karl nickte kurz.
»Geht klar, dann weiß ich Bescheid.«
Die beiden anderen Mitarbeiterinnen schauten ins Büro.
»Wir gehen dann jetzt.«
Karl winkte kurz.
»Schönen Abend Euch beiden!«
»Dir auch!«, riefen sie zurück.
Karl gab die Kassenstände in den Computer ein und schloß den Tag am PC ab.
»Du kannst auch gehen, ich mache dann gleich noch die Runde und schließe ab.«
»Okay, schönen Abend!«
»Den werde ich haben, ich bin mit meiner Freundin verabredet, sie holt mich hier gleich ab. Was machst Du heute abend?«
Ina winkte ab.
»Ich werde heute nur noch ein wenig fernsehen und dann im Bett verschwinden. Das war ein langer Tag.«
»Naja, Dir jedenfalls auch einen schönen Fernsehabend!«
Ina lächelte leicht und ging in den Sozialraum. Dort holte sie ihre Sachen und verließ die Filiale. Karl schlenderte in den Sozialraum, nahm seine Jacke aus der Garderobe und zog sie sich über. Dann sah er sich noch einmal kurz um, prüfte, ob das Fenster geschlos-

sen war, schaltete das Licht aus und verließ den Raum. Während er die Filiale durchquerte, kramte er in seiner Hosentasche nach dem Filialschlüssel, als zwei Männer in grauen Anzügen auf ihn zukamen. Der kleinere der beiden Männer hielt eine Aktenmappe in der Hand.
»Die Filiale ist schon geschlossen.«
Einer der Männer zog einen Ausweis aus seiner inneren Jackettasche, die ihn als Bezirksleiter auswies. Karl hatte weder ihn noch den anderen Mann je gesehen, sah aber auf den ersten Blick, daß der Ausweis, der den Mann als Dieter Brillweiler auswies, echt war.
»Was wollen Sie denn?«
»Bezirksleitung, wir sind seit zwei Wochen im Amt.«
Karl erinnerte sich nun, die Bilder der beiden in der Firmenzeitung gesehen zu haben, jedoch waren die Photos offenbar nicht ganz aktuell gewesen.
»Brillweiler«, stellte der erste Mann vor, »und dies ist mein Stellvertreter Dennis Wernhausen. Können wir Sie mal sprechen?«
Karl warf einen auffälligen Blick auf die Uhr.
»Finden Sie nicht, daß das jetzt etwas spät ist? Ich bin im übrigen verabredet. Wir können gerne mal einen Termin vereinbaren, von mir aus auch um diese Zeit, aber heute paßt es nicht besonders.«
Wernhausen griff Roberts Arm, um ihn nach hinten in den Sozialraum zu bewegen. Karl löste sich nachdrücklich aus dem Griff.
»Würden Sie so höflich sein, mich nicht anzufassen? Was erlauben Sie sich eigentlich?«
»Es wird nicht lange dauern«, sagte Brillweiler. »Allerdings hängt das natürlich auch von Ihnen ab.«
»Dann besprechen wir es hier.«
»Hinten ist es gemütlicher. Also bitte.«
Karl hob seine Schultern und ging mit den beiden Männern in den Sozialraum, wo Brillweiler als erstes die Jalousie vor dem Fenster herunterließ.
»Was soll das?«

Wernhausen zog eine Packung Zigaretten aus seiner inneren Jackettasche.
»Muß ja nicht jeder reingucken können.«
»Rauchen verboten, wir sind hier nur Nichtraucher in der Filiale.«
Wernhausen lachte kurz und zündete sich die Zigarette an. Brillweiler formierte die Stühle so, daß einer vor und zwei hinter dem Tisch standen und deutete auf den einzelnen Stuhl.
»Setzen Sie sich.«
»Sie haben doch gesagt, es dauert nicht lange.«
»Sie sollen sich setzen!«
Wernhausen ließ etwas Asche auf den Boden fallen und bemerkte sofort den mißmutigen Blick Roberts.
»Ich sage Ihnen das nicht noch einmal, Herr Wernhausen: Rauchen verboten! Wenn Sie sich hier schon so verhalten, dann aschen Sie gefälligst in die Spüle!«
»Einen anderen Ton, Herr Varns.«, sagte Brillweiler mit einem drohenden Unterton in der Stimme. »Und jetzt setzen Sie sich hier hin.«
»Spielen Sie sich nicht so auf. Sie beide haben sich hier schon genug herausgenommen.«
Wernhausen warf seine Zigarette in die Spüle und stellte die Aktenmappe auf den Tisch, während Brillweiler sich langsam auf Karl zubewegte.
»Setzen Sie sich hin, Herr Varns.«
Karl hob seine Schultern und setzte sich auf den Stuhl. Die beiden Männer setzen sich ihm gegenüber und Wernhausen kramte ein paar Zettel aus der Aktenmappe.
»Wir waren so frei uns mal ihre Akten hier anzusehen und haben einige Unregelmäßigkeiten festgestellt. Insbesondere haben wir wohl bemerkt, daß Sie offensichtlich einige größere Kassendifferenzen in der letzten Zeit hatten«, führte Brillweiler aus, während er die Zettel sortierte, die Wernhausen aus seiner Tasche herausgesucht hatte.
»Unsinn. Ich hatte kaum Differenzen, außerdem habe

ich in den letzten drei Wochen nur zwei Mal kassiert.«
»Die Unterlagen hier aus Ihrem Ordner sagen etwas anderes.«
Brillweiler reichte Karl die Unterlagen. Schon mit dem ersten Blick auf die Unterlagen war Karl klar, worauf es an diesem Abend hinauslaufen sollte.
»Das sind keine Unterlagen aus unseren Ordnern.«
»Sie sollten etwas bescheidener sein angesichts der Beweislage«, sagte Wernhausen. »So etwas kann böse enden.«
Karl nickte zustimmend.
»In der Tat, und zwar für Sie. Urkundenfälschung ist eine Straftat.«
»Betrug ist eine Straftat«, erwiderte Brillweiler ruhig, während Wernhausen, und die Tür des Sozialraums schloß und den Schlüssel im Schloß herumdrehte. Währenddessen holte Brillweiler ein weiteres Formular aus seiner Aktentasche.
»Wir haben Ihnen aber ein faires Angebot zu machen. Sie unterschreiben dieses Schuldanerkenntnis, zahlen uns die € 4500,- zurück, die ausweislich dieser Unterlagen von Ihnen unterschlagen wurden und wir sehen von einer Anzeige ab.«
Karl lachte kurz auf.
»Sie sehen von einer Anzeige ab? Na, warten Sie mal ab!«
»Wenn Sie kooperieren, werden wir den Vorfall in Ihrem Zeugnis nicht erwähnen.«
»Und wenn Sie mich jetzt in Ruhe lassen und sich für Ihr Auftreten hier entschuldigen, werde ich diesen Vorfall nicht gegenüber der Firmenleitung erwähnen.«
Wernhausen lehnte sich mit einem selbstgefälligen Lächeln zurück.
»Versuchen Sie es, Varns. Versuchen Sie es mal.«
Karl erhob sich von seinem Stuhl und sah, daß Wernhausen den Schlüssel aus dem Schloß offenbar an sich genommen hatte.

»Wir haben uns nichts mehr zu sagen. Ich werde jetzt gehen und Sie werden die Filiale ebenfalls verlassen, damit ich abschließen kann.«
»Nein«, erwiderte Brillweiler nachdrücklich. »Sie werden hier heute abend nicht weggehen, bevor Sie dieses Anerkenntnis unterschrieben haben. Und wenn wir die ganze Nacht hier sitzen!«
»Das wird ja immer besser«, sagte Karl lachend. »Jetzt auch noch Freiheitsberaubung. Sie sollten sich wirklich warm anziehen, wenn wir hier fertig sind. Ich kenne meine Rechte. Mich kriegen Sie nicht klein.«
Wernhausen griff Varns am Arm und drückte ihn auf den Stuhl zurück.
»Sie werden sich wundern, Varns! Mit Leuten wie Ihnen werden wir allemal fertig! Gewerkschafter, daß ich nicht lache!«
Varns griff Wernhausen am Handgelenk und löste die Hand von seinem Oberarm.
»Wenn Sie mich noch einmal anfassen geht es Ihnen schlecht! Das muß ich mir nicht bieten lassen!«
Brillweiler grinste.
»Versuchen Sie doch mal tätlich zu werden, damit helfen Sie uns nur.«
Varns lehnte sich an die Stuhllehne zurück und blickte auf das Formular.
»Wenn Sie wirklich glauben, daß Sie da von mir eine Unterschrift bekommen, dann sind Sie nicht mehr bei Trost.«
Wernhausen setzte sich vor Varns auf den Tisch.
»Glauben Sie mir, Herr Varns, wir haben schon ganz andere Leute davon überzeugt, dieses Schriftstück zu unterzeichnen.«
»Dann scheinen Sie ja saubere Herren zu sein.«
»Ich weiß gar nicht, warum Sie sich so anstellen!«, sagte Brillweiler ärgerlich. »Wir machen Ihnen ein faires Angebot! Keine Erwähnung des Vorfalls in Ihrem Zeugnis und ich lege noch eine Kündigung zum Ende des Monats drauf, so daß Sie bei Ihrem nächsten

Arbeitgeber nicht den Eindruck erwecken, es sei etwas vorgefallen.«

Varns lachte kurz auf.

»Und all dies für den lächerlichen Preis von 4500 Euro.«

Wernhausen nickte zustimmen.

»So günstig würden Sie anderswo nicht wegkommen.« Varns rückte mit seinem Stuhl ein wenig weiter weg von Wernhausen, dessen Nähe ihm unangenehm war, und dies nicht nur wegen des aufdringlichen Deos, welches Wernhausen offensichtlich benutzt hatte.

»Wir drehen uns im Kreis, meine Herren. Die Aktennotizen, die Sie hier vorlegen, sind gefälscht. Sie werden mich nicht anzeigen, weil dann ihre traurige Vorstellung hier vom Gericht ausgepfiffen wird. Und jetzt lassen Sie mich gehen oder ich werde Sie wegen Freiheitsberaubung anzeigen.«

Brillweiler und Wernhausen nickten einander kurz zu.

»Gut«, erwiderte Brillweiler. »Sie haben sich eben die Chance auf ein gutes Datum für Ihre Entlassung verspielt. Jetzt steht für Sie nur noch zur Debatte, daß wir den Vorfall in Ihrem Zeugnis nicht erwähnen, aber Vorsicht! Auch das Angebot hat ein Verfallsdatum!«

»Machen Sie sich nicht lächerlich. Lassen Sie mich jetzt gehen oder ich hole die Polizei!«

Wernhausen nahm das Formular mit dem Anerkenntnis in die linke Hand und holte mit seiner rechten Hand einen Kugelschreiber aus der inneren Jackettasche. Dann schob er den Tisch näher an Varns heran und legte das Formular und den Kugelschreiber vor ihn hin.

»Unterschreiben Sie!« forderte er in einem barschen Tonfall.

Varns warf einen kurz Blick zu Brillweiler, nahm das Formular in seine Hände und riß es in acht Teile, die er zu Brillweiler über den Tisch schob.

»Wir haben noch mehr davon«, erwiderte Brillweiler mit einem müden Lächeln. »Und einen davon werden

Sie unterschreiben.«
Varns schüttelte seinen Kopf.
»Nein, Herr Brillweiler. Ich gebe Ihnen jetzt noch eine Minute mich hier gehen zu lassen oder ich rufe die Polizei.«
Wernhausen lachte auf und Brillweiler grinste unverschämt.
»Guter Witz, Herr Varns. Die Polizei! Ausgerechnet Sie!«
Varns nickte bekräftigend.
»Ausgerechnet ich. Dann können Sie auch gleich Ihre fragwürdigen Beweise bei der Polizei abgeben!«
Varns griff in seine Hosentasche und holte sein Handy heraus. Wernhausen griff sofort nach Varns Hand, die er wegzog. Dabei versuchte er, sofort die Nummer der Polizei zu tippen. Wernhausen stieß den Stuhl um, auf dem Varns saß und wand ihm nach einem kurzen Gerangel das Handy aus der Hand. Inzwischen war auch Brillweiler aufgestanden und Wernhausen warf das Handy vor Brillweiler auf den Boden, der einmal kräftig auf das Handy trat.
Wernhausen erhob sich wieder und auch Varns stand wieder vom Boden auf.
»Sachbeschädigung. Das wird ja immer besser.«
»Jetzt ziehen wir andere Saiten auf!«, brüllte Wernhausen mit hochrotem Kopf, griff Varns und schlug ihn mit dem Gesicht nach unten drei Mal auf die Tischplatte. Daraufhin ließ er ihn los und Varns sank mit blutender Nase auf den Boden neben dem Tisch, wo er eine Packung Taschentücher aus seiner Hosentasche kramte.
»Das werden Sie bereuen!«, keuchte er, während er versuchte, die Blutung seiner Nase zu stillen. »Damit kommen Sie nicht davon!«
Brillweiler machte eine beruhigende Handbewegung in Richtung Wernhausen.
»Wir sind schon mit ganz anderen Dingen davongekommen«, erwiderte er ruhig.

»Bei mir nicht.«
»Das glauben alle. Aber wenn dann erst mal Aussage gegen Aussage steht... Was macht die Nase, geht es wieder?«
Brillweiler beugte sich zu Varns herunter um ihm wieder hochzuhelfen, doch Varns schlug ihm die Hand weg.
»Wenn Sie mich noch einmal anrühren geht es Ihnen schlecht!«
Wernhausen grinste und gluckste.
»Das haben Sie schon mal gesagt.«
In dem Moment klopfte es an die Tür. Brillweiler und Wernhausen sahen einander an. Varns hob seine Schultern.
»Die Ladentür war noch offen. Sie haben mich ja daran gehindert hier abzuschließen.«
Es klopfte erneut.
»Karl?«, fragte eine Frauenstimme.
»Schnell! Lauf weg und hol die Polizei!«, rief Karl. Wernhausen griff in seine Hosentasche und lief zur Tür. Karl warf sich gegen seine Beine und Wernhausen stürzte, wobei er den Schlüssel verlor, der unter dem relativ breiten Türschlitz durchrutschte.
»Scheiße!«, knurrte Brillweiler. Wernhausen und Varns erhoben sich vom Boden. Varns hielt sich noch immer ein Taschentuch unter die Nase.
»Der Kerl hat doch den Filialschlüssel«, meinte Wernhausen.
»Her damit«, forderte Brillweiler. Varns griff in seine Jackentasche und reichte Brillweiler den Schlüsselbund, an dem ungefähr 15 Schlüssel hingen.
»Welcher ist es?«, wollte Brillweiler wissen.
»Keiner«, erwiderte Varns. »Der Schlüssel zum Sozialraum ist an diesem Bund nicht dran, das zweite Exemplar dieses Schlüssels hängt im Büro, genauso wie es in der allgemeinen Dienstanweisung vorgesehen ist.«
Brillweiler und Wernhausen sahen einander an. Varns zeigte trotz seiner Verletzung ein leichtes Lächeln.

»Ja, meine Herren, das war's wohl. Wir werden jetzt hier gemeinsam auf die Polizei warten. Aus dem Fenster können Sie auch nicht springen, denn das läßt sich aus Sicherheitsgründen nicht öffnen. Das Glas ist spezielles Panzerglas um einen Einbruch hier zu erschweren. Freiheitsberaubung, Körperverletzung, Sachbeschädigung. Das wird ein lustiger Prozeß.«
Brillweiler schüttelte seinen Kopf.
»Es wird keinen Prozeß geben, jedenfalls nicht gegen uns. Es steht Aussage gegen Aussage.«
»Meinen Sie? Ich glaube, daß die Beweise doch eher gegen Sie sprechen werden.«
In einiger Entfernung war die Sirene eines Polizeiwagens zu hören. Brillweiler packte die zerrissenen Papiere, die auf dem Tisch lagen, in seine Aktenmappe zurück. Wernhausen steckte seinen Kugelschreiber wieder ein und rückte seine Krawatte zurecht. Dann klopfte er seinen Anzug ab. Der Polizeiwagen hatte inzwischen vor der Filiale gehalten. Nun waren Schritte zu hören. Jemand hob den Schlüssel auf, steckte ihn ins Schloß und schloß den Sozialraum auf. Zwei Polizisten betraten den Sozialraum, gefolgt von Varns Freundin.
»Karl!« rief sie aus, als sie ihren verletzten Freund sah.
»Alles in Ordnung«, sagte er leise zu ihr.
»Was ist hier los?«, wollte einer der Polizisten wissen.
Karl warf einen kurzen Blick zu Brillweiler und Wernhausen.
»Wir hatten ein dienstliches Gespräch mit Herrn Varns«, sagte Brillweiler. »In dessen Verlauf stürzte er und verletzte sich. Dabei... rutschte auch der Schlüssel...«
Brillweiler stockte, als der Polizist ihn zweifelnd ansah.
»Nein«, sagte Varns. »Die beiden Herren wollten mich zwingen, ein falsches Anerkenntnis abzulegen. Sie schlugen mich zusammen und zertraten mein Handy.«

Der andere Polizist hob seine Schultern.
»Das wird der Richter klären. Kommen Sie jetzt erst mal alle mit auf das Präsidium.«
»Moment«, sagte Varns. »Ich muß auch noch die Filiale kontrollieren und abschließen.«
»Gut«, erwiderte der Polizist. »Aber beeilen Sie sich.«

- Ende -

Nachtrag: Die Handlung und die Personen dieser Handlung sind frei erfunden. Jedoch ist sie angelehnt an diverse Berichte in politischen Magazinen und den Berichten der Dienstleistungsgewerkschaft Verdi über die Arbeitsbedingungen von Verkäufer/innen in diversen Discountern. In Fernsehberichten wie Plusminus, quer oder von Monitor werden auch immer wieder die Namen bestimmter Discounterketten benannt, die sich solcher Methoden bedienen, um ältere Mitarbeiter loszuwerden oder Gewerkschafter aus den Filialen zu drängen oder einzuschüchtern. Die Chancen von Leuten wie Brillweiler und Wernhausen, davonzukommen, sind im realen Leben gut, denn in der Regel steht Aussage gegen Aussage, und die entsprechenden Bezirksleiter genießen vor Gericht die Unterstützung der Anwälte der jeweiligen Discounter.
Entgegen den Ideen der reinen Marktregulierung regulieren sich solche Arbeitsverhältnisse nicht selbst oder durch Kundenboykott. Neben der Stärkung der Rechte der Angestellten durch die Politik wäre hier deutlich mehr öffentliches Bewußtsein notwendig. Für Billig bezahlt jemand den Preis, und im Falle der Discounter sind es in der Regel die Angestellten!

Das Vermächtnis der Gebrüder Kautzer

Der Statiker Martin Bogermann hielt seinen Wagen auf dem Parkstreifen nahe einem Haus im Münsteraner Stadtteil Roxel und stieg aus. Inzwischen schien wieder die Sonne. Die letzten beiden Tage hatte es fürchterlich gestürmt und das Haus, vor dem Bogermann mit dem Bauamtsleiter Robert Wasner und dem Staatsanwalt Karl Dehner verabredet war, hatte offensichtlich unter dem Sturm gelitten: Dachziegel fehlten auf dem Dach, eine Jalousie war beschädigt und die Antenne auf dem Dach abgeknickt.
Ansonsten war das Haus auf den ersten Blick von außen in einem guten Zustand. Bogermann fiel auf, daß vorne am Haus zwei Türen waren, von denen eine wie ein Fremdkörper aussah. Sie war offensichtlich nachträglich in das Haus eingebaut worden. Darüber wunderte sich er sich ein wenig, denn eigentlich sollten doch die Wohnungen im Erdgeschoß und der ersten Etage übereinander und nicht nebeneinander sein.
Ein schwarzer Behördenwagen hielt auf dem Parkstreifen hinter dem Bogermanns und der Bauamtsleiter Wasner stieg aus.
»Ah«, rief er erfreut aus. »Sie sind schon da.«
»Ja«, erwiderte Bogermann. »Ich komme immer gerne ein bißchen früher.«
»Geht mir auch so. Das ist nicht verkehrt.«
Die beiden Männer traten vor das Haus und betrachteten es.
»Die eine Tür ist wohl nachträglich eingebaut worden. Sie paßt irgendwie nicht so recht in das Bild des Hauses.«
Wasner grinste kurz.
»Ja, in der Tat. Die Tür ist nach dem Tod der Mutter der beiden Kautzers eingebaut worden. Das sind zwei

Brüder, die einander auf den Tod nicht riechen konnten. Ständig gab es Streit zwischen den beiden. Ich vermute, beide wußten gar nicht mehr, wer warum angefangen hat. Die Mutter hat beiden das Haus vererbt. Vielleicht hat sie sich davon versprochen, daß sie sich wieder vertragen. Und was machten die beiden Brüder? Sie teilten das Haus in der Mitte durch, und zwar von oben nach unten. Zahlreiche Umbauten fanden in dem Haus statt. Eigentlich sind es jetzt zwei Häuser. Genau in der Mitte verläuft da jetzt eine Wand von oben nach unten, die das Haus in zwei gleichgroße Abschnitte teilt. So mußten die beiden einander nicht begegnen.«

Bogermann schüttelte seinen Kopf.

»Unglaublich. Schade eigentlich um das schöne Haus.«

Ein weiterer Wagen hielt auf dem Parkstreifen und ein hochgewachsener Mann in einem dunklen Anzug stieg aus, der einen Schnellhefter in der Hand hielt. Es handelte sich um den zuständigen Staatsanwalt Karl Dehner.

»Hallo Karl«, begrüßte Wasner den Staatsanwalt.

»Hallo«, erwiderte dieser. »Wie ich sehe bin ich mal wieder der Letzte.«

»Ist ja egal, es ist ja noch früh. Ich weihe Herrn Bogermann gerade in die Geheimnisse des Hauses ein. Wir waren bei der Wand, die die beiden in der Mitte des Hauses eingebaut haben.«

»Ja, ja«, bekräftigte Dehner. »Komische Käuze, die Kautzers. Und gute Bekannte sozusagen. Ständig haben sie einander wegen jeder Kleinigkeit angezeigt. Die beiden waren fürchterliche Streithähne.«

»Was ist aus ihnen geworden?«, wollte Bogermann wissen. »Ich meine, das Haus sieht unbewohnt aus.«

»Das ist es auch«, erwiderte Wasner. »Bernhard Kautzer wurde auf dem Dachboden seiner Haushälfte erhängt. Sein Bruder ist seit dem nicht mehr gesehen worden und viele Wertgegenstände aus dem Haus der beiden ebenfalls nicht.«

»Na, na«, unterbrach der Staatsanwalt. »Die Obduktion Bernhards hat keine Hinweise auf Fremdeinwirkung ergeben.«

»Die beiden kannten sich«, meinte Wasner. »Vielleicht hat Johann seinen Bruder überrascht.«

»Das sind die Verschwörungstheorien, die hier im Dörfchen kursieren. Juristisch ist da zunächst mal nichts dran. Wir haben keinen Hinweis auf Fremdverschulden, und so lange das so ist, bleibt es für uns ein Selbstmord.«

»Ist ja jetzt auch nebensächlich. Es geht ja nur um das Gutachten für das Haus. Die rechtliche Lage sieht so aus: Johann Kautzer ist Eigentümer des Grundstücks und nach dem Tod seines Bruders nun des ganzen Hauses. Es gibt kein Testament, zumindest will kein Anwalt oder Notar zugegeben, daß er eines der beiden Brüder hätte. So tritt die gesetzliche Erbfolge ein und Johann Kautzer gehört jetzt mangels weiterer Verwandter alles. Zwar ist er verschwunden, aber so lange er noch lebt, wir also keinen Beweis haben, daß er tot ist, gehört das Grundstück ihm. Nun kann er sein Haus nicht verkommen lassen wie er will. Als Kyrill hier vorbeizogen, flogen bereits die ersten Dachziegel in die Gärten der Nachbarn. Bei dem vergleichsweise leichten Sturm in den letzten beiden Tagen sind wieder Ziegel geflogen. Gestern haben wir eine richterliche Genehmigung beantragt und bekommen, das Haus von Ihnen begutachten zu lassen. Uns wäre natürlich am liebsten, Ihr Büro würde bescheinigen, daß die Bruchbude weg muß. Denn so lange Johann nicht erwiesenermaßen tot ist und kein Testament hinterlassen hat, können wir nichts machen.«

Bogermann betrachtete das Haus von oben bis unten.

»Seien Sie da nicht zu hoffnungsfroh«, sagte er dann. »Meine Leute werden sich das alles noch im Detail ansehen, aber so auf den ersten Blick habe ich nicht den Eindruck, daß ich Ihnen den Wunsch erfüllen kann. Die Bausubstanz sieht zwar nicht erfreulich aus, aber auf den ersten Blick auch nicht gerade einsturzgefährdet.«

»Gehen wir rein«, sagte der Staatsanwalt und nahm einen Dietrich aus seiner inneren Jackettasche. Die drei Männer machten sich auf den Weg zur rechten Tür des Hauses, die zu dessen Lebzeiten zur Wohnung von Bernhard Kautzer gehört hatte. Sie stiegen die vier Treppenstufen zur Tür hinauf. Der Staatanwalt öffnete die Tür mit dem Dietrich und die drei betraten einen staubigen Flur, von dem aus eine Treppe nach oben führte und geradeaus eine Tür zur Wohnung im Erdgeschoß offen stand. Die kleine Kommode und die Garderobe auf dem Flur waren mit einer dicken Staubschicht überzogen und ein muffiger Geruch hatte sich in der Wohnung ausgebreitet.

»Wie lange ist hier denn schon keiner mehr gewesen?«, wollte Bogermann wissen.

»Bernhard Kautzer starb vor zehn Jahren, und ich denke, etwa so lange dürfte hier auch niemand in der Wohnung gewesen sein«, antwortete der Bauamtsleiter.

»Naja«, meinte Bogermann und betrachtete die Wände. Er nahm ein Gerät zur Feuchtigkeitsmessung aus der Innentasche seiner grauen Tuchjacke und hielt es an die Wand.

»Der Feuchtigkeitsgrad der Mauer ist noch im akzeptablen Bereich«, stellte er fest. »Der modrige Geruch muß von oben kommen.«

Die drei Männer stiegen die staubige Treppe hinauf in den ersten Stock, wo sie ebenfalls auf einen kleinen Flur mit zwei angrenzenden Türen ankamen. Bogermann nahm noch eine Messung vor, deren Ergebnis er für akzeptabel hielt.

»Ich verschaffe mir natürlich nur einen ersten Eindruck«, erklärte er dabei. »Die Leute aus meinem Büro werden das alles noch genau untersuchen.«

»Werden Sie dabei sein?«, wollte der Staatsanwalt

wissen.

»Selbstverständlich. Bei Aufträgen der Stadt leite ich die Untersuchung immer selbst.«

Dehner öffnete eine der Türen auf dem Flur im ersten Stock, die in ein altmodisch eingerichtetes Wohnzimmer wies. Auch hier waren die Möbel und das Sofa verstaubt. Auch auf den Rahmen der Bilder an der Wand hatte sich eine Staubschicht gelegt. Jeder Schritt auf dem verstaubten Boden wirbelte den Staub leicht auf.

»Entsetzlich«, meinte Wasner. »Eigentlich war das mal ein schönes Haus. Die Möbel sehen schön aus, wären sie nicht so verstaubt. Da kann man sicher noch was mit machen.«

»Wenn man so etwas vernachlässigt, sieht es nach einiger Zeit so aus«, meinte Bogermann und nahm ein paar Messungen der Feuchtigkeit an den Wänden vor. Auch hier befand er die Feuchtigkeit der Wände als normal. Bogermann betrachtete die Ecken und die Wände neben den Fenstern, von denen eines leicht gekippt war. Nirgendwo war Schimmel zu sehen. Die Mine des Bauamtsleiters verfinsterte sich bei jeder Messung, denn ihm wurde wohl klar, daß es mit einer Abrißverfügung wegen Baufälligkeit wohl nichts werden würde.

»Gehen wir rauf ins Dachgeschoß«, sagte Bogermann. Die drei Männer verließen das Wohnzimmer wieder und stiegen die Treppen zum Dach hinauf. Als Bogermann die Tür zum Dachboden öffnete, wehte ihm ein intensiver modriger Geruch entgegen.

»Hier ist was fällig«, meinte er, während ihm die beiden anderen auf den Boden folgten. Auch der Dachboden war mit einer Staubschicht überzogen. Zwischen den Dachbalken waren Wäscheleinen gespannt, auf denen sich ebenfalls Staub angesammelt hatte.

»Da hat er sich aufgehängt«, sagte Dehner und deutete auf einen Querbalken. »Wegen meiner Größe hatte ich das zweifelhafte Vergnügen, dem Gerichtsmediziner

zu helfen, die Leiche vom Galgen zu schneiden.«
»Oh. Gruselig«, erwiderte Bogermann und erschauerte kurz bei dem Gedanken, daß er die Leiche hätte abnehmen müssen. Dann nahm er ein Taschenmesser aus seiner Hosentasche mit dem er vorsichtig an einem Dachbalken kratze. Sofort rieselte Holz herunter.
»Damals muß der Dachstuhl aber noch stabiler gewesen sein«, meinte er. »Sehen Sie hier. Alles feucht und morsch. Und da drüben ist der Dachstuhl wurmstichig. Der wird wohl bald ausgewechselt werden müssen, sonst trägt er nicht mehr oder bricht beim nächsten Kyrill-Sturm zusammen. Das Risiko sollten Sie nicht eingehen. Aber die Details werden das Gutachten erbringen, das wir erarbeiten.«
Wasner seufzte.
»Naja, das ist ja unerfreulich. Eigentlich hatte ich gehofft, daß wir das ganze Haus abreißen können.«
»Ich will mich ja auch nicht festlegen bevor das Gutachten erstellt ist. Aber mein erster Eindruck ist, daß nur das Dach baufällig ist. Hier ist wohl auch schon zu Lebezeiten der beiden Brüder lange nichts mehr gemacht worden.«
»Vermutlich konnten sich die beiden nicht über die Sanierung einigen«, brummte Dehner, während Bogermann sich noch ein wenig auf dem Dachboden umsah.
»Also hier sollten Sie bald etwas machen«, sagte er dann. »Wenn das hier so bleibt und weiterhin dem Verfall preisgegeben wird, werden noch mehr Dachziegel in die Nachbargärten regnen. Und das auch schon bei kleinen Stürmen als dem Letzten. Hier regnet es auch langsam rein. Dadurch feuchten die Dachbalken schneller durch und der Vorgang des Verfalls beschleunigt sich. Zwar ist noch nichts in erste Stockwerk durchgesickert, aber darauf sollten Sie lieber nicht warten, auch wenn Sie gerne möchte, daß das ganze Haus verfällt.«
»Das wird teuer«, brummte Wasner.

»Machen Sie doch eine Ersatzvornahme und behalten Sie sich vor, Kautzer die Rechnung zu schicken«, schlug Dehner vor.

»Ha, ha. Und wohin? Wir wissen ja gar nicht, wo der jetzt wohnt und ob der überhaupt noch lebt. Wäre er tot, wäre das alles natürlich einfacher.«

»Wir erstellen erst mal das Gutachten und dann sehen wir weiter«, sagte Bogermann.

»Also gut«, erwiderte der Staatsanwalt. »Wir werden zunächst neue Schlösser in das Haus einbauen und ihren Leuten die Schlüssel zur Verfügung stellen. Nach der Erstellung des Gutachtens stellen wir den alten Zustand wieder her. Alles andere ist dann Sache von Herrn Wasner.«

»Wie immer.«

»Ich würde gerne noch einen Blick in den Keller werfen«, sagte Bogermann.

»Kein Problem«, grummelte Wasner, der über den Verlauf der Besichtigung offensichtlich unzufrieden war. Die drei Männer verließen den Dachboden und stiegen die Treppen hinunter in den Keller. Dort führte ein kurzer Flur direkt vor eine Wand. Bogermann öffnete die beiden Türen kurz vor Wand an den Seiten des Ganges. Die Wand setzte sich in den angrenzenden Kellerräumen fort.

»Das Haus scheint nur zum Teil unterkellert zu sein«, stellte Bogermann fest.

»Nein, es ist eigentlich komplett unterkellert«, sagte Dehner und nahm einen Bauplan aus seiner Aktenmappe. »Sehen Sie hier.«

Die drei Männer beugten sich über den Bauplan.

»Ja, aber das ist hier nicht so groß wie auf dem Plan. Die Mauer wurde nachträglich gebaut.«

»Aber nicht genehmigt«, warf Wasner ein.

»Dafür wird er wohl keine Genehmigung gebraucht haben«, meinte Dehner.

»Komisch«, knurrte Wasner. »Was wohl dahinter sein mag?«

»Wer weiß. Das werden wir wohl erst wissen, wenn wir sie eingerissen haben.«

Wasner wandte sich an Bogermann.

»Hat die Mauer statische Bedeutung für den Keller?«

Bogermann betrachtete zunächst den Bauplan und dann die Mauer.

»Wohl kaum. Dafür ist sie wohl auch nicht stabil genug.«

Bogermann nahm sein Taschenmesser und kratze vorsichtig an der Mauer, wovon der putzartige Belag sofort zu rieseln begann.

»Die Mauer dürfte für die Statik ohne Bedeutung sein. Sie ist nicht besonders gut gebaut.«

»Was wohl dahinter sein mag?«, fragte Wasner.

»Keine Ahnung«, erwiderte der Statiker. »Zumindest dürfte die Kammer hinter der Mauer ohne Türen sein. Es sei denn, es gibt eine Tür vom anderen Hausteil aus.«

»Das halte ich für sehr unwahrscheinlich«, meinte Dehner. »Bernhard hat Johann sicher keinen Teil seines Kellers abgetreten. Dafür waren die beiden viel zu zerstritten.«

Wasner klopfte recht kräftig an die Wand um hören, ob es dahinter hohl klang. Sofort brach ein Stück aus der Wand und fiel in die Kammer hinein. Zugleich entströmte der Kammer eine unerträglich schlechte Luft, die die drei Männer zurückweichen ließ.

»Hat jemand eine Taschenlampe bei sich?«, fragte Wasner.

»Ja, ich«, erwiderte Bogermann und zog eine mittelgroße Taschenlampe aus seiner inneren Jackentasche. Diese schaltete er ein und leichtete durch das faustgroße Loch.

»Man kann nichts erkennen.«

»Brechen wir ein größeres Stück raus«, sagte Wasner und stieß kräftig mit dem Ellenbogen an die Wand. Ein größeres Stück löste sich und Bogermann leuchtete hindurch. An der Wand gegenüber des Lochs war ein

vergilbtes Plakat angebracht, auf dem mit einem breiten Filzstift geschrieben hat: »Dies wollte er alles haben. Nun hat er es und es nützt ihm nichts.«
Bogermann leuchtete in der Kammer herum und wurde kreidebleich. Er taumelte zurück und mußte von Dehner gestützt werden.
»Was ist mit Ihnen?«
»Da... da drin... da ist... ist...«
Der Staatsanwalt nahm dem Statiker die Lampe aus der Hand und leuchtete in die Kammer. Seitlich von dem Plakat stand eine Liege, auf der ein skelettierter Toter lag. Um die erhöhte Liege herum waren zahlreiche Wertsachen gruppiert, so daß der Raum wie eine altertümliche Grabkammer aussah.
Während der Staatsanwalt die gruselige Szene betrachtete, stolperte der Statiker die Treppe hoch und aus dem Haus. Auch Wasner hatte inzwischen durch das Loch geschaut und sah ein wenig bleich aus.
»Meinen Sie, das ist Johann?«, fragte er schließlich.
Der Staatsanwalt zuckte kurz mit den Schultern.
»Das ist nicht auszuschließen. Vielleicht gab es noch einmal einen letzten großen Streit und Bernhard brachte Johann um. Er baute ihm diese Gruft und versiegelte sie mit der Mauer. Schließlich konnte er mit dem Mord nicht leben und brachte sich um. Das wird die staatsanwaltliche Untersuchung zeigen.«
»So etwas hätte ich nicht erwartet.«
Der Staatsanwalt nickte zustimmend.
»Nein. Damit hätte ich auch nie gerechnet. Aber es erleichtert Ihnen Ihre Arbeit. Nachdem beide nun tot sind, dürfte das Grundstück mit dem Gebäude an die Stadt fallen und Sie können es abreißen.«
»Ja. Aber irgendwie ist das jetzt nicht mehr so wichtig angesichts dieses... dieses...«
»Ich weiß schon, was Sie meinen. Kommen Sie. Sehen wir nach, wie es Herrn Bogermann geht.«
Die beiden stiegen die Kellertreppe hinauf und verließen das Haus. Auf der obersten Stufe vor der Tür saß

der noch immer recht blasse Statiker.
»Tut mir leid, daß Sie das sehen mußten«, sagte Dehner und gab Bogermann dessen Taschenlampe zurück. »Wenn Sie Hilfe brauchen um das zu verarbeiten, kann ich Ihnen einen guten Psychologen empfehlen.«
»Nein, nein«, sagte Bogermann leise. »Ich glaube, das geht schon.«
»Kommen Sie. Ich werde jetzt die Wohnung versiegeln und dann sehen wir weiter. Tut mir leid. Es sieht so aus, als seien Sie nun um einen Auftrag gekommen.«
»Ja«, erwiderte Bogermann und stand mit weichen Knien auf. Die Männer gingen die Stufen hinab und verließen das Grundstück.
»Sind Sie sicher, daß es geht?«, fragte Dehner. »Vielleicht sollten Sie jetzt lieber nicht selbst fahren?«
»Doch, doch. Es geht schon. Ich werde mich ein wenig ins Auto setzen, bevor ich losfahre.«
»Gut. Tun Sie das.«
»Ich werde wieder ins Büro fahren«, sagte Wasner. »Sie wissen ja, wo Sie mich erreichen können.«
Dehner nickte. Er ging zu seinem Wagen und holte ein paar staatsanwaltliche Siegel aus dem verschließbaren Handschuhfach. Mit ihnen kehrte er zum Haus zurück und klebte sie so auf Tür und Türrahmen, daß sie den Türspalt verschlossen. Als er sich wieder der Straße zuwandte sah er, wie sich der Wagen Bogermanns langsam in Bewegung setzte.
»Tja«, murmelte er. »Sachen gibt's…«
Tage später stellten die Gerichtsmediziner fest, daß der Schädel des Toten zwei schwere Brüche aufwies, die jeder für sich genommen unbehandelt bereits zum Tode geführt hätten. Eine DNA-Probe bewies schließlich, daß es sich bei dem Toten um Johann Kautzer handelte.
Staatsanwalt Dehner war sich sicher, daß dieses Thema wieder einmal die Stammtische in Roxel beschäftigen würde. Und es würde, wie damals, wieder Leute geben, die alles schon vorher gewußt haben

wollten. Und während nun die Legende um die Kautzer-Brüder neu gestrickt wurde, rissen die Bagger und Bulldozer das Haus der Kautzers ab, welches nunmehr in den Besitz des Staates übergegangen war.

Die Badewanne

Gerade noch vor drei Stunden hatte William das Gefängnis London verlassen und war auf dem Weg, mit guten Vorsätzen in ein neues Leben einzusteigen. Seine Freundin aus Manchester hatte ihm für den heutigen Tag ein Zimmer in einem Hotel reserviert und um 18:00 Uhr wollte sie in London sein.
William grinste, als er den Schlüssel des Hotelzimmers vom Portier entgegennahm. Er war jetzt 39 Jahre alt und hatte 19 Jahre im Gefängnis gesessen. Nun stieg er als freier Mann in den Fahrstuhl des Hotels, um mit ihm in das fünfte Stockwerk aufzusteigen. Seine Habseligkeiten hatte er in einem kleinen Reisekoffer unterbringen können. Er würde nur diesen Tag über noch in London sein. Am nächsten Tag wollte er mit Veronica, seiner Freundin, nach Manchester fliegen.
Er grinste noch immer, als er die Zimmertür aufschloß, als er das Zimmer betrat, als er den Koffer aufs Bett warf, als er auf die Badezimmertür zuging. Er grinst auch noch, während er die Badezimmertür öffnete. Dann erfror sein Grinsen auf seinem Gesicht. In der mit Wasser gefüllten Badewanne schwamm ein Mann. Er war mit einem schwarzen Pullover, einer schwarzen Hose, schwarzen Schuhen und schwarzen Socken bekleidet.
»Na wunderbar.«, murmelte William. »Für seine Beerdigung passend bekleidet. Sie sind doch tot, Mister, oder?«
Der Mann in der Badewanne rührte sich nicht. All dies hätte William nicht weiter gestört, wenn er nicht gerade wegen Mordes aus dem Gefängnis entlassen worden wäre. Hinzu kam, daß William vor 20 Jahren sein Opfer in der Badewanne ertränkt hatte.
»Wir wollen uns gütig einigen.«, sagte William zu dem Mann in der Badewanne, »Ich verlasse das Zimmer für eine halbe Stunde, mache Besorgungen in der Stadt,

und wenn ich zurückkomme, sind Sie weg, ja?«
Der Mann in der Wanne schwieg.
»Scheint wirklich tot zu sein, der Mann.«, murmelte William. Dann begann er zu überlegen wie glaubwürdig es erschien, wenn er, frisch wegen Mordes aus dem Gefängnis entlassen, bei der Polizei einen Mord meldete, wie er ihn selbst vor 20 Jahren begangen hatte. Nach fünf Minuten beschloß er, daß dies nicht gut gehen konnte. Er hatte nicht die geringste Lust, erneut mit der Polizei zu tun zu bekommen, auch nicht als Zeuge. Die letzten 19 Jahre im Gefängnis reichten ihm. In jedem Falle würde es seine Reise nach Manchester verzögern. Also machte sich William auf den Weg, um Gummihandschuhe zu besorgen.
Als er das Zimmer verließ, hängte er das Schild »Bitte nicht stören« an die Zimmertür. Daraufhin begab er sich in die Londoner Innenstadt.
In einem Haushaltswarengeschäft wandte er sich an einen Verkäufer.
»Ich brauche ein Paar Gummihandschuhe.«, sagt er dem Verkäufer.
»Einen Moment.«, erwiderte der Verkäufer und sucht eine Packung für William heraus.
»Verkaufen sich schlecht.«, bemerkte er dabei. »Was haben Sie 'nn damit vor? Einbrechen oder Leichen abschleppen?«
Der Verkäufer grinste über seine Worte und begann zu lachen.
»Witzbold.«, brummte William.
Da es bereits fast 18:00 Uhr war, beschloß William, erst mal seine Freundin vom Flughafen abzuholen.
Nachdem das Flugzeug gelandet war, und William seine Veronica gefunden hatte, fuhren sie zu dem Hotel, in dem William abgestiegen war.
Als William das Zimmer aufschloß, und die beiden es betraten, wurde William ernst.
»Was guckst du so?«, fragte Veronica ihren Freund.
»Es ist etwas schlimmes passiert.«, antwortete Wil-

liam. »Jemand hat mir eine Leiche in die Wanne gelegt.«

Veronica sah ihn erschreckt an. Dann lächelte sie und legte ihre Arme um seinen Hals.

»Fast hätte ich dir das geglaubt. Das war kein sehr guter Witz.«

»Es ist wahr!«, rief William aus. »Guck doch selber nach!«

»Gib es doch zu, du willst mich auf die Schippe nehmen, Schatz, du hast doch schon immer einen sehr makabreren Humor gehabt.«

»Ich bitte dich, Liebste, sieh doch ins Bad!«, sagte William beschwörend, »Der Mann ist genauso tot wie der, den ich vor 20 Jahren ersäuft hatte.«

»Dann werde ich dir mal den Gefallen tun.«, erwiderte Veronica, ging lächelnd zur Badezimmertür und öffnete sie. In der immer noch gefällten Wanne saß der Mann, den William für tot gehalten hatte, und rauchte eine Zigarette.

»Das ist ja wohl der Gipfel!«, brüllte William den Mann an. »Erst jagen Sie mir sonstwas für einen Schreck ein, und dann sind Sie noch nicht mal tot, sondern sitzen rauchend und lebend in der Badewanne!«

»Kann es sein«, fragte Veronica, »daß Sie nicht ganz dicht sind? Ich jedenfalls ziehe mich immer aus, wenn ich baden will.«

Der Mann zeigte ein breites Lächeln und nahm einen Zug von seiner Zigarette.

»Ich warne Sie!«, sagte William wütend. »Ich habe vor 20 Jahren schon mal jemanden in der Wanne ersäuft. Sehen Sie sich vor, daß ich nicht rückfällig werde!«

»Ich weiß gar nicht, warum Sie sich so aufregen«, entgegnete der Mann in der Badewanne ruhig. »Es ist doch niemand zu Schaden gekommen. Und der kleine Schreck, den Sie bekommen haben mögen, als Sie mich schlafend in der Wanne gefunden haben...«

»Kleiner Schreck ist gut«, sagte William. »Den Witz muß ich mir merken und mal darüber lachen, wenn

ich in Manchester bin.«
»Was meinen Sie wohl, was geschehen wäre, wenn mein Selbstmord geklappt hätte?«
»Selbstmord?«, fragte Veronica.
»Ja.«, antwortete der Mann. «Ich habe mal gehört, daß es auf diese Art am schmerzlosesten ist. Ich habe wohl nur nicht genug Schlaftabletten genommen.«
Der Mann stieg aus der Badewanne. Veronica schüttelte verständnislos ihren Kopf.
»Vielleicht springen Sie das nächste Mal vom Hoteldach.«, schlug William vor. »Dann ziehen sie wenigstens keine anderen Leute mit rein.«
»Ich muß zugeben, das ist keine schlechte Idee«, sagte der Mann und verließ das Badezimmer. Veronica wandte sich William zu.
»Was mußt du für einen Schreck bekommen haben.«
William nickte.
»Einen unbeschreiblichen.«
Die beiden kehrten in das Zimmer zurück, wo Veronica ihren kleinen Koffer auf das Bett legte. Sie packte ihn aus und William stand nachdenklich am Fenster. Plötzlich bemerkte er, daß sich unten vor dem Hotel Leute versammelten. Dann stürzte eine in schwarz gekleidete Gestalt am Fenster vorbei und schlug unten unter dem Gekreische der Leute auf die Straße auf.

Fingerabdrücke

Der Polizeiwagen hielt vor dem roten Backsteinhaus. Dem Wagen entstiegen Inspektor John Garrod mit seinem neuen Assistenten Brian Willson und zwei weiteren Polizisten.
»Mr. Alan Keygan ist ein alter Bekannter von mir«, erklärte Inspektor Willson seinem Assistenten. »Normalerweise wird nicht bei ihm eingebrochen, sondern er bricht ein.«
Die beiden Polizisten, die auch bereits des Öfteren bei Hausdurchsuchungen in Keygans Wohnung dabei waren, grinsten. Inspektor Garrod klingelte an der Haustür und der Türöffner surrte. Der Inspektor drückte die Tür auf.
In einer Wohnungstür im Erdgeschoß wartete ein etwa 37jähriger Mann auf den Inspektor und seine Begleitung.
»Gut, daß Sie so schnell kommen konnten«, stellte der Mann fest.
»Ich fühle mich geschmeichelt«, erwiderte der Inspektor. »Sonst freuen Sie sich nicht so sehr über meinen Anblick.«
»Das waren andere Zeiten.«
Inspektor Garrod zeigte ein leichtes Lächeln und betrat die Wohnung des Mannes, gefolgt von seinen Leuten. Im Wohnzimmer angekommen guckte sich Inspektor Garrod um.
»Wo ist denn etwas entwendet worden, Mr. Keygan?«
»Aus der Küche wurden ein paar silberne Teelöffel geklaut. Einige Eßlöffel sind auch weg. Der Kerl glaubte wohl, sie seien auch aus Silber.«
»Fingerabdrücke sichern«, ordnete Inspektor Garrod an. Sein Assistent ging mit einem Polizisten in die Küche.
»Hat nicht viel Sinn«, kommentierte Keygan. »Ich habe die Schublade bereits angefaßt.«

»Macht nichts, vielleicht finden wir trotzdem etwas«, erwiderte Inspektor Garrod. »Sagen Sie, Mr. Keygan, stand dort nicht mal eine wertvolle Vase, die Sie von ihrer Tante geerbt haben?«
»Sie haben ein gutes Gedächtnis«, stellte Keygan fest, auf die leere Kommode guckend, auf der die Vase gestanden hatte. Inspektor Garrod nickte zustimmend.
»Na, die werden wir wohl beide nicht so schnell vergessen, was? Immerhin brauchten Sie eine Zeit lang um zu beweisen, daß sie nicht aus einem Museum geklaut war.«
»Mein erster Sieg über Sie, Inspektor.«
Inspektor Garrod nickte grinsend. Dann sah er sich in der Wohnung um. Da er schon öfters mit einem Durchsuchungsbefehl in der Wohnung war, kannte er sich bereits recht gut aus.
Keygans Wohnung war einfach eingerichtet. Seine Möbel waren kirchholzfarben, jedoch nicht aus echtem Holz sondern nur beschichteter Spanplatte. Keygan hatte ohnehin nicht viele Möbel, was die Durchsuchung seiner Wohnung jeweils nicht sehr lang werden ließ.
Inspektor Garrod ging in die Küche und beobachtete die Polizisten, wie sie von der Schublade und den weiteren Küchenmöbeln Fingerabdrücke abnahmen. Als er die Küche betrat, schüttelte Willson kurz seinen Kopf.
»Der Täter hat sicher Handschuhe getragen«, sagte Willson. »Bislang haben wir nur dieselben Fingerabdrücke gefunden.«
»Das hätte ich Ihnen auch schon vorher sagen können«, erwiderte Keygan. »Jeder Idiot zieht sich doch heute Handschuhe über, wenn er irgendwo einbrechen will.«
»Sie müssen es wissen. Wo ist der Einbrecher denn hereingekommen?«
»Im Gästezimmer.«

Inspektor Garrod folgte Keygan in Begleitung seines Assistenten in das Gästezimmer. Dort war eine Fensterscheibe neben einem Fenstergriff von außen eingeschlagen worden. Die Scherben lagen auf dem Teppich unter dem Fenster. Inspektor Garrod warf einen Blick durch das Fenster auf ein dicht bepflanztes Blumenbeet, in dem einige Pflanzen niedergetreten waren.
»Merkwürdig«, murmelte er. »Der Täter hat keinen Dreck von draußen hereingetragen.«
»Wie meinen?«, wollte Keygan wissen.
»Ich sagte, daß es merkwürdig ist, daß der Täter keinen Dreck von außen in die Wohnung geschleppt hat. Er mußte doch durch das Blumenbeet. Er hätte Dreck in die Wohnung tragen müssen.«
Keygan hob seine Schultern.
»Vielleicht hat er seine Schuhe ausgezogen, um leiser durch die Wohnung schleichen zu können.«
Inspektor Garrod nickte.
»Das könnte eine Erklärung sein. Sie haben nichts gehört? Ihr Schlafzimmer ist doch gleich nebenan.«
»Ich habe einen festen Schlaf.«
»Ich weiß nicht, mein lieber Mr. Keygan, Sie schaffen es immer wieder, mein Mißtrauen zu wecken. Haben Sie den Fenstergriff auch schon angefaßt?«
»Nein. Den noch nicht.«
»Brandon!«, rief Inspektor Garrod. Einer der Polizisten kam ins Wohnzimmer.
»Nehmen Sie bitte mal am Fenstergriff Fingerabdrücke ab.«
Der Polizist bestäubte den Fenstergriff mit Graphitstaub und fegte vorsichtig mit einem Pinsel darüber. Willson betrachtete die Fingerabdrücke durch ein Vergrößerungsglas.
»Nichts, Sir. Nur die Fingerabdrücke von Mr. Keygan.«
»Darf ich auch mal sehen?«, fragte Inspektor Garrod und nahm die Lupe an sich. Dann begann er, die Fingerabdrücke eingehend zu betrachteten.

»Hmmm...«, brummte er, »Ja... hmmm...«
»Darf ich Sie daran erinnern, daß es sich hier um meine Wohnung handelt und es somit recht normal ist, wenn meine Fingerabdrücke am Fenstergriff sind?«, fragte Keygan, während sich Inspektor Garrod die Fingerabdrücke gründlich ansah.
»Sie haben bei sich selbst eingebrochen«, stellte Inspektor Garrod fest. »Und ein Motiv für die Tat kann ich Ihnen auch sagen: Versicherungsbetrug. Die Vase und die Löffel waren doch bestimmt versichert, oder?«
»Naja. Ja. Natürlich. Aber finden Sie nicht auch selbst etwas absurd, mir so etwas zu unterstellen? Bei jedem anderen kämen Sie nicht auf eine solche Idee.«
»Mr. Keygan. Als ich angekommen war, war ich gerne bereit zu glauben, daß bei Ihnen eingebrochen wurde, aber ich kann beweisen, daß Sie bei sich selbst eingebrochen haben. Sehen Sie sich mal Ihre Fingerabdrücke genau an.«
Keygan nahm das Vergrößerungsglas von Inspektor Garrod entgegen und betrachtete seine Fingerabdrücke am Fenstergriff.
»Fällt Ihnen etwas auf?«, wollte Inspektor Garrod wissen.
»Nein. Beim besten Willen nicht.«
»Sehen Sie noch einmal genau hin.«
Keygan sah sich die Fingerabdrücke erneut an.
»Ich kann nichts entdecken.«
Inspektor Garrod nahm das Vergrößerungsglas wieder an sich.
»Aber ich habe etwas entdeckt. Die Fingerabdrücke sind nicht verwischt. Wenn jemand etwas mit Handschuhen anfaßt, was vorher jemand ohne Handschuhe angefaßt hat, verwischt er dessen Fingerabdrücke. So einfach ist das. Diese Fingerabdrücke sind aber nicht verwischt. Legen Sie also besser ein Geständnis ab.«
Willson und Brandon sahen einander an. Keygan murmelte etwas Unverständliches.

»Nun kommen Sie schon«, drängte Inspektor Garrod. »Bislang ist es nur die Vortäuschung einer strafbaren Handlung. Wenn Sie erst mal einen Versicherungsschaden angemeldet haben, kommt auch noch Versicherungsbetrug hinzu.«
»Nun gut«, brummte Keygan zerknirscht. »Ich gestehe. Ich brauche im Moment etwas Geld und da habe ich mir die Geschichte mit der Vase und den Löffeln ausgedacht.«
Inspektor Garrod zeigte ein leichtes Lächeln und klopfte Keygan freundschaftlich auf die Schultern.
»Wenn Sie Ihr Fensterglas bezahlen, soll das Strafe genug sein«, meinte er dann. »Ich werde vergessen, daß Sie mich geholt haben.«
Keygan murmelte erneut etwas Unverständliches. Dann begleitete er die Polizisten noch zur Wohnungstür. Dort verließen die vier Männer die Wohnung und traten durch die Haustür auf die Straße.
Vor dem Polizeiwagen blieb Inspektor Garrod stehen, kramte seine Pfeife und seinen Tabak hervor und stopfte die Pfeife. Willson trat an ihn heran.
»Inspektor...«
»Ja?«
»Sagen Sie, Inspektor...«, sagte Willson unsicher. »... das mit den verwischten Fingerabdrücken... stimmte das eigentlich?«
Inspektor Garrod lächelte leicht und entzündete seine Pfeife.
»Woher soll ich das wissen?«

Spuren im Schnee

Es war einfach immer dasselbe: Immer, wenn es draußen kalt war, wurde Inspektor Read zu einer Leiche gerufen, die in irgendeinem entlegenen Winkel eines kahlen und kalten Waldes lag. So machte sich Inspektor Read also mit seinen Leuten auf den Weg in den Wald.

Als er dort ankam war von dem Mann, der angerufen hatte, nichts mehr zu sehen, obwohl Inspektor Read ihn beschworen hatte, dort zu bleiben. Auch dies wiederholte sich mit geradezu erschreckender Regelmäßigkeit.

Der Tote lag zwischen einigen kahlen Laubbäumen im Schnee, der vom Blut rot gefärbt war.

»Erschossen«, stellte der Gerichtsmediziner auf den ersten Blick fest.

»Das ist mir nicht entgangen«, erwiderte Inspektor Read. »Wissen Sie auch, von wem?«

Der Gerichtsmediziner schüttelte seinen Kopf. Natürlich wußte er es nicht.

Inspektor Read stand frierend im Wald, von dem Mann, der die Leiche gefunden hatte, war keine Spur zu sehen und der Gerichtsmediziner hatte mit einem Blick auf die Leiche festgestellt, daß der Tod durch Erschießen eingetreten war. Inspektor Read stand und sah zu, wie der Mediziner die Leiche untersuchte. Dabei achtete der Mediziner darauf, daß er die Lage der Leiche nicht veränderte.

»Wo, zum Henker, ist der Photograph?«, fragte Inspektor Read. Alle hoben ihre Schultern.

»Kommt wohl noch«, erwiderte einer der Polizisten.

Der Schnee leuchtete weiß, die Bäume ragten dunkel und unheimlich in den Himmel und vom Täter war keine Spur zu sehen. Es war immer das Selbe.

Inspektor Read fror, obwohl er in einen Wintermantel gekleidet war. Seine Leute trugen ebenfalls Winter-

mäntel, und zwar waren diese Mäntel blau wie die Uniformen, die sie im Sommer trugen. Nur der Inspektor trug einen grauen, der Mediziner einen braunen Mantel.
Inspektor Read lief ein wenig auf und ab, nicht, weil er etwas suchte, sondern weil er sich aufwärmen wollte. Dabei fielen ihm Spuren im Schnee auf, Tapser, die jemand hinterlassen hatte, der mitten in den Wald gegangen war.
Sollte der glückliche Entdecker der Leiche etwa doch Spuren hinterlassen haben, oder vielleicht sogar der Täter? Brauchte Inspektor Read nur den Spuren im Schnee zu folgen, die ihn zu der Wohnung des Täters führen würden, der mit der noch rauchenden Waffe vor seiner Haustür stehen würde?
Das war absurd. Inspektor Read stand in einigen Metern Entfernung vom Fundort des Toten, der im blutgetränkten Schnee lag und bei dem der Mediziner mit dem ersten Blick erkannt hatte, daß eine Kugel seinem Leben ein Ende gesetzt hatte.
Immer wieder ging Inspektor Read den Waldweg entlang und der Schnee knirschte unter seinen Schuhen. Noch war der Inspektor der einzige, der von den Spuren im Schnee wußte, und er würde sich zunächst noch hüten, seine Leute darauf aufmerksam zu machen.
Schließlich packte den frierenden Inspektor doch die Neugier und er folgte den Spuren. Sie führten ihn immer weiter in den Wald, immer weiter weg von seinen Leuten und der Leiche die mit einem Schuß aus einer Waffe in ihren derzeitigen Zustand gebracht worden war.
Inspektor Read ging immer tiefer in den Wald und die Stimmen seiner Leute wurden immer leiser. Offenbar vermißten sie ihn noch nicht, denn ihm zu folgen war ja nicht besonders schwer. Zumindest Grovan hatte gesehen, daß der Inspektor den Waldweg einige Meter entlang gegangen war, und von dort ab brauchte er

nur der Spur zu folgen, wenn er sie sah.
Doch offenbar waren Inspektor Reads Leute noch immer vollauf mit der Leiche beschäftigt, bei der der Mediziner sofort den Einschuß erkannt hatte.
Inspektor Read folgte den Spuren immer weiter in den Wald und die Hoffnung, daß sie zum Täter oder zum Finder der Leiche oder gar zu einem Zeugen führte, schwand mit jedem Schritt, den er tat, obgleich es schon verdächtig war, wenn jemand einen solchen Marsch ins Unterholz unternahm, zumal, wenn in der Nähe eine Leiche lag.
Vielleicht aber hatte noch jemand die Leiche entdeckt und sich einen Spaß daraus gemacht, diese falsche Spur zu legen, um die Polizei irrezuführen.
Die Spur führte weiter und weiter und der Inspektor fragte sich langsam, wieso er nicht umkehrte und einen seiner Leute dieser Spur folgen ließ, doch irgend etwas zwang ihn, der Spur weiter zu folgen.
Seine Leute waren nun außerhalb der Hörweite des Inspektors. Sie würden vermutlich noch immer mit bedrückten Gesichtern um die Leiche herumstehen und niemand würde eine Idee haben, wie man nun zur Aufklärung des Verbrechens beitragen könnte. Offenbar kam niemand auf den Gedanken, ein paar Schritte auf und abzulaufen, dachte der Inspektor, denn sonst müßten sie auf die Spur stoßen. Vermutlich war er der einzige Polizist, der fror.
Die Spur führte ihn weiter und weiter, immer zwischen kahlen Bäumen entlang, und immer wieder um einen weiteren Baum. An manchen Stellen war der Schnee offenbar mit dem Fuß etwas aufgewühlt worden, so als hätte jemand etwas gesucht.
Langsam kam es dem Inspektor lächerlich vor, der Spur weiter zu folgen, doch irgend etwas veranlaßte ihn, immer weiter zu gehen.
Sie war recht frisch, diese Spur, und sie führte von Baum zu Baum, als ob jemand ein Versteckspiel spielen würde. Wieder dachte Inspektor Read an einen

Witzbold, der sich einen Scherz mit der Spurensicherung machen wollte.

Irgendwann mußte diese verfluchte Spur doch mal im Kreis führen, überlegte der Inspektor, zumindest mußte sie bald durch den ganzen Wald geführt haben. Der Inspektor folgte der Spur und starrte sie wie hypnotisiert an, folgte ihr um den nächsten Baum und den nächsten Baum und noch einen Baum.

Inspektor Read blickte immer wieder kurz auf, doch es war niemand zu sehen. Nur die Spur, die sich zwischen den Bäumen immer tiefer in den Wald hinein schlängelte.

Langsam beschlich den noch immer frierenden Inspektor der Verdacht, daß er der Spur eines Betrunkenen folgte, der eine möglichst tiefe Stelle im Wald suchte, um sich zu erleichtern. Aber es konnte auch anders sein, überlegte der Inspektor, und folgte der Spur.

Die Leiche hatte er schon nahezu vergessen, ebenso den Mediziner, der auf den ersten Blick die Todesursache erkannte. Eigentlich hatte er den Mord schon ganz vergessen. Seine ganze Aufmerksamkeit war auf die Spur gerichtet, die in Schlangenlinien um die Bäume im Wald verlief.

Je länger der Inspektor der Spur folgte, desto weiter rückte der Mord aus seinem Bewußtsein, der Mann, der den Toten gefunden, gemeldet und sich dann aus dem Staub gemacht hatte, und erst recht der mögliche Täter. Nur die Kälte, die spürte er noch.

Nach einiger Zeit blickte sich der Inspektor um. Er hatte völlig die Orientierung verloren. Er war immer nur der Spur gefolgt. Nun stellte er sich die Frage, ob er der Spur weiter folgen oder ob er sie einfach rückwärts verfolgen sollte, um wieder zum Fundort der Leiche zurückzukehren.

Er beschloß, der Spur weiter zu folgen. Der Mord war in das Bewußtsein des Inspektors zurückgekehrt, und somit auch die Leiche und der Mediziner, der mit einem Blick erkannte, was dem Leben des Opfers ein Ende bereitet hatte.

In einiger Entfernung war dichtes Gebüsch zu erkennen und die Spuren hielten direkt auf das Gebüsch zu. Stammten die Spuren vielleicht doch vom Täter, der die Waffe im Gebüsch versteckt hatte? Sollte der Täter tatsächlich so dumm gewesen sein, einfach so durch den Schnee zu stapfen und somit die Polizei direkt zur Tatwaffe zu führen?

Inspektor Read kam an dem dichten Gebüsch an und blieb davor stehen. Sollte hierin die Waffe liegen, mit der das Mordopfer getötet wurde?

Plötzlich raschelte es im Gebüsch. Inspektor Read nahm seine Waffe aus seiner Manteltasche und entsicherte sie.

»Hey, Sie«, rief er, »kommen Sie da mit erhobenen Händen heraus!«

Zwei Hände schossen aus dem Gebüsch hervor, denen zwei Arme mit blauen Ärmeln eines Mantels folgten. Dann stand ein Mann aus dem Gebüsch auf. Inspektor Read ließ überrascht seinen Revolver sinken.

»Verzeihen Sie, Sir«, sagte der Mann, noch immer leicht erschrocken. »Ich dachte, ich beginne schon einmal nach der Tatwaffe zu suchen.«

September Nachmittag

Es war ein lauer Septembertag. Den Vormittag über hatte es geregnet und die Wolken hatten sich noch nicht ganz verzogen, jedoch sahen sie nicht mehr bedrohlich aus.
An diesem Septembertag beschloß ich am Nachmittag ein wenig spazieren zu gehen. Die Läden waren nur noch kurze Zeit geöffnet; es war Samstag.
Und was für ein Samstag! Er zählte zu den Tagen, an denen man sich am liebsten die Kugel geben würde, täte man damit nicht so vielen Leuten einen Gefallen, denen man keinen tun wollte.
Wenige Tage zuvor flatterte mir ein Bescheid ins Haus, daß ich doch endlich die letzte Rate für die Waschmaschine bezahlen solle. Die Firma drohte mir bereits mit dem Gerichtsvollzieher.
Eigentlich hatte ich ja vor, die letzte Rate von meiner Steuerrückzahlung zu bezahlen, doch alles, was ich bekam, war eine Nachforderung vom Finanzamt in Höhe von 43.65 DM. Und dann hatte mich die Polizei mal wieder beim Autofahren photographiert.
Darüber hinaus hatte mich noch meine Freundin verlassen, zum fünften Mal in diesem Monat.
So ging ich also in trauter Zweisamkeit mit meinen Sorgen durch die Fußgängerzone. Links und rechts von mir schlenderten Pärchen einher, manche mit Kindern, was nicht zu überhören war.
Verflucht, dachte ich, die Gießkanne meines Hauswirts mußte ich auch noch bezahlen. Ich hatte die verfluchte Kanne beim Zurücksetzen aus der Garage übersehen und war quer über sie gerollt.
Eigentlich sollte ich den Wagen verkaufen; er kostete nur Geld. Das Problem war dann einfach das, daß ich dann zwei Stunden früher aufstehen mußte, um...
»Entschuldigung«, murmelte ich, denn ich hatte jemanden angestoßen.

»Macht nix«, knurrte der Mann, und ich sah ihm an, daß es doch etwas machte.
Diesmal konnte ich noch halbwegs froh sein, daß Brenda nicht auch meine Wagenschlüssel mitgenommen hatte, aus reiner Bosheit, so wie im Frühjahr. Da mußte ich nämlich in der schönsten Heuschnupfenzeit mit dem Fahrrad zum...
Also diesmal war es nun wirklich nicht meine Schuld. Der Mann kam in einem beachtlichen Tempo aus einem Laden, rannte mich um und verschwand in der Menge. Ein anderer Mann, der mich nur knapp verfehlte, folgte ihm.
Einerseits hatte es auch seine Vorteile, wenn Brenda zu ihrer Freundin gezogen war und ein paar Tage dort blieb. Doch meistens vermißte ich sie schon nach einem Tag wieder.
Verdammt. Einer der beiden Männer, die mich angerempelt hatten, war ein Taschendieb. Meine Brieftasche war weg. Doch genaugenommen machte es eigentlich nicht viel aus, denn es war ohnehin nichts von Wert darin und sie begann auch schon auseinanderzufallen. Eigentlich ärgerte es mich doch, denn es war ein Photo von Brenda darin, das ich nun nachmachen lassen mußte.
Wieder schweiften meine Gedanken zu meinen Sorgen. Bald schon war die nächste Miete fällig und ich hatte noch keine konkrete Vorstellung, wie ich sie bezahlen sollte, denn die verdammte Rate für die Waschmaschine hatte Vorrang.
Es war wirklich keine schöne Auswahl. Entweder flog ich aus der Wohnung, weil ich die Miete nicht bezahlt hatte, oder ich flog aus der Wohnung, weil dort Polizei und Gerichtsvollzieher aufkreuzten.
Aber auch dies könnte eine gute Seite haben: Wenn ich aus der Wohnung herausgeworfen wurde, konnte ich mir eine kleinere Wohnung suchen, und dieses hin und her mit...
Die beiden Männer waren doch keine Taschendiebe;

ich hatte mein Portemonnaie nur in meine Hosentasche statt in meine Jackentasche gesteckt.
Vielleicht konnte ich mit einem Trick arbeiten, überlegte ich mir, indem ich einfach die Rate und die Miete anzahlte. Somit würde ich mir den Hauswirt und den Gerichtsvollzieher vom Hals halten. Nächsten Monat konnte ich dann die andere Hälfte der Rate...
Schon wieder! Ich hatte aber auch wirklich ein verdammtes Glück. Und wieder hatte ich einen so freundlichen Herrn angestoßen. Diesmal sah ich gleich nach meiner Brieftasche.
Bei dieser Gelegenheit änderte ich auch die Richtung und bog in einen anderen Teil der Fußgängerzone ein. Dort waren einige Leute um jemanden versammelt, der vermutlich irgend etwas vorführte, und zu diesem Zweck harmlose Passanten mißbrauchte.
In der Regel machte ich immer einen Bogen um solche Veranstaltungen, denn ich mochte das Gedränge nicht, und so schlug ich auch an diesem Tag meinen Bogen.
»Hey, Sie da«, brüllte es, »wollen Sie auch mal?«
Ich sah mich kurz um und hatte keine Veranlassung zu glauben, daß ich gemeint war.
»Nein«, murmelte ich und ging weiter, nach wie vor mit meinen Geldsorgen beschäftigt.
An der nächsten Ecke rannte mich wieder jemand um und verschwand recht schnell. Ich griff in meine Hosentasche. Richtig. Diesmal war sie weg.

Das Totenzimmer

Mit betretenen Gesichtern betraten Steward Craig und Richard Lowell das Zimmer. Sie blieben vor dem Leichnam stehen, der in der Mitte des Zimmers lang, und nahmen ihre Hüte ab.
»Ist er tot?«, fragte Craig. Lowell nickte.
»Er ist tot.«
»Schon lange?«
Lowell nickte erneut.
»Ja, sechs Stunden.«
Craig atmete schwer durch.
»Das tut mir sehr leid. Haben Sie ihn gut gekannt?«
»Es ging so. Wir hatten nicht so häufig miteinander zu tun. Aber so überhaupt kenne ich ihn seit etwa sechs Monaten.«
»Sechs Monate.«
Lowell nickte wieder.
»Ja, Mr. Craig. Sechs Monate.«
»Sechs Monate«, wiederholte Craig. »War er zuverlässig gewesen?«
»Das kann man schon sagen. Jedenfalls - solange ich ihn gekannt hatte, war er immer zuverlässig. Ich hatte den Eindruck. Bis jetzt, eben.«
»Ja, bedauerlich. Da glaubt man, jemanden zu kennen, und dann so etwas.«
Wieder nickte Lowell.
»Ja, ja, Mr. Craig. In manchen Menschen täuscht man sich.«
Craig gab einen zustimmenden Laut von sich.
»War er katholisch?«
»Katholisch? Nein, ich glaube nicht.«
»Gut. Dann brauchen wir also keinen Priester.«
«Ja««, sagte Lowell. »Da haben Sie recht. Den brauchen wir dann nicht.«
»Es ist nur eben so, daß ich einen Priester gekannt hätte. Sehen Sie, Mr. Lowell, das hätte die Sache einfa-

cher gemacht. Aber so... meinen Sie, er war evangelisch?«
Lowell schüttelte seinen Kopf.
»Nein, ich glaube, er war Atheist. Ganz sicher war er das. Er hat wohl nur an sich selbst geglaubt.«
Craig sah wieder auf die Leiche.
»Er hat so etwas Ruhiges...«
»Er ist tot, Mr. Craig.«
»Ach ja, richtig.«
»Ja.«
»Sie sagten es bereits. Seit sechs Stunden.«
»So ist es.«
Craig drehte seinen Hut an der Krampe zwischen den Händen hin und her.
»Also, Mr. Lowell, glauben Sie, daß da noch irgend jemand ist, der in irgend einer Form benachrichtigt werden sollte?«
Lowell sah Craig etwas überrascht an.
»Sie wollen jemanden benachrichtigen?«
Craig machte eine abwehrende Handbewegung.
»Um Himmels Willen, nichts liegt mir ferner, Mr. Lowell. Ich hätte das vielleicht anders fragen sollen - vielleicht ist da jemand, der ihn sucht?«
Lowell sah die Leiche nachdenklich an.
»Hmmmmm. Den? Kann ich mir nicht vorstellen. Den werden vermutlich nicht mal die Bullen vermissen.«
»Also mochten Sie ihn nicht.«
Lowell sah nun Craig an.
»Spielt das eine Rolle?«
»Nein.«
»Finde ich auch.«
»Ja.«
Es herrschten ein paar bedrückende Minuten des Schweigens, während derer die beiden Männer die Leiche betrachteten.
»Er ... er ist ziemlich groß«, stellte Craig fest. »Gewiß 1.95 Meter.«
»Nein, nein. Das glaube ich nicht«, erwiderte Lowell.

»Der ist sicher höchstens 1.87 m groß.«
»Sie irren sich ganz gewiß, Mr. Lowell. Ich habe ein Auge dafür. Er ist mindestens 1.90 m groß.«
»Das sieht nur so aus, weil er liegt.«
»Sie irren sich, Mr. Lowell.«
Lowell wandte sich Craig zu.
»Also, ich bin 1.86 m groß - soll ich mich mal daneben legen?«
Craig wehrte ab.
»Aber Mr. Lowell - das ist doch kein Grund zu streiten.«
Lowell blickte wieder auf den Toten.
»Sie haben recht, Mr. Craig. Das ist wohl kein Grund.«
Craig nickte eifrig.
»Ähem ... Vielleicht sollten wir... äh...«
Lowell blickte Craig an.
»Ja?«
»... nun - ihn ... ich meine ... eigentlich ist es doch nicht gut, wenn er hier so rumliegt, finden Sie nicht?«
Lowell nickte heftig.
»Oh ja, da haben Sie recht.«
Craig machte eine Bewegung auf die Leiche zu.
»War es denn unbedingt nötig, ihn...«
Lowell nickte.
»Es war nötig, Mr. Craig, sonst hätte ich es nicht getan.«
Craig atmete durch.
»Ja, Mr. Lowell, das war's vermutlich, wenn Sie es sagen. Nun ... sollten wir ihn vielleicht in den Teppich einrollen, bevor wir... äh...?«
Lowell gab einen nachdenklichen Laut von sich.
»Nein. Ich glaube nicht, daß das gut ist. Man wird ihn vermissen«, sagte er dann.
Craig blickte Lowell an.
»Den Toten?«
»Den Teppich.«
»Ah, ja. Nun, haben Sie sich schon Gedanken gemacht, wo wir ihn...«

Lowell nickte wieder.
»Nordwald.«
Craig sah Lowell zweifelnd an.
»Nordwald? Da liegen doch schon Mr. Boones, Mr. Cadwell und Mr. Burtray.«
»Dann kommt es doch auf Mr. Zoones nicht mehr an.«
»Doch«, erwiderte Craig heftig. »Er beginnt mit Z, und die Leute der zweiten Hälfte des Alphabets haben wir bislang im Südwald verscharrt.«
»Jetzt lassen Sie doch mal diese Spitzfindigkeiten beiseite. Wissen Sie eigentlich, wie weit der Südwald von hier entfernt ist?«
Craig hob seine Schultern.
»Das hätten Sie sich vielleicht vorher überlegen sollen.«
Lowell packte Craig am Kragen.
»Glauben Sie etwa, daß es Mr. Zoones noch interessiert, ob er unter A bis M verscharrt wird, oder unter N bis Z?«
Craig machte sich von Lowells Griff frei.
»Lassen Sie das, Mr. Lowell. Sie wissen selbst, wie wütend der Chef wird, wenn er erfährt, daß Mr. Zoones im Nordwald vergraben wurde.«
»Er muß es ja nicht erfahren.«
»Machen Sie keine Zicken, Mr. Lowell. Verbuddeln wir ihn im Südwald, dann... Mr. Lowell, stecken Sie das Ding weg!«
Lowell entsicherte seinen Revolver, richtete ihn auf Craig und drückte ab. Craig brach neben Zoones zusammen, wobei sein Hut in eine hintere Ecke des Zimmers rollte. Lowell steckte seine Waffe wieder ein und betrachtete die beiden Toten.
»Soll ich Ihnen mal sagen, was ich tun werde, Mr. Craig?«, fragte er dann. »Ich werde Sie im Südwald und Mr. Zoones im Nordwald verbuddeln. Jawohl!«

Mann ohne Gedächtnis

»Es war irgendwann im November 1963. An das Datum kann ich mich nicht mehr genau erinnern. Auch weiß ich nicht mehr so genau, in welcher Stadt das Ganze ablief.
Ich war mit zwei Freunden in der Stadt verabredet. An dem Tag gab es einen Staatsbesuch irgendeines wichtigen Politikers, dessen Namen ich inzwischen auch vergessen habe. Vielleicht fällt er mir ja wieder ein, während ich die Geschichte erzähle. Es war einfach ein Schock, so etwas sieht man wirklich nicht alle Tage.
Wir hatten am Vormittag Kaffee getrunken und waren auf dem Rückweg in unser Hotel, als uns die Reihen von Menschen an den Straßen auffielen. Wir liefen ein wenig die Straßen entlang und blieben schließlich aus Neugierde stehen - immerhin wollten wir den Mann ja sehen, der ein solches Aufsehen erregt (es ist mir peinlich, aber mir ist immer noch nicht der Name eingefallen).
Von der Stelle, an der wir standen, hatten wir einen guten Blick auf das Geschehen. Uns gegenüber war so ein kleiner Grashügel mit einem Bretterzaun, einige Meter weiter rechts ein Schulbuchlagerhaus.
So standen wir also am Straßenrand und warteten. Schließlich kam der Wagen die Straße runtergefahren. Die Menschen riefen und winkten und einige Leute machten Photos. Ich kann mich auch an einen Mann erinnern, der stand irgendwie auf einer kleinen Mauer oder so etwas, und hatte eine kleine Filmkamera in der Hand, ich glaube, es war eine 8-Millimeter-Kamera.
Naja, wie dem auch sei, die ersten Polizei-Motorräder fuhren vor uns her, und dann bog die Limousine mit dem Politiker ein. Der Mann saß mit seiner Frau in der offenen Limousine, vor ihm der Fahrer und noch ein

Mann, ich glaube, der war auch Politiker.
Jedenfalls bog der Wagen auf unsere Straße ein. Er war noch nicht weit gefahren, als es plötzlich knallte. Ich dachte, da hätte jemand eine Fehlzündung gehabt, aber irgendwie war da kein Wagen, der eine Fehlzündung haben könnte. Dann blitzte es plötzlich über dem Bretterzaun während es wieder knallte und eine Rauchwolke stieg auf. Leute warfen sich auf den Boden, und wieder und wieder knallte es.
Die Politiker in dem Wagen waren wohl getroffen worden, der Mann auf dem Rücksitz schwerer als der Mann auf dem Beifahrersitz. Die Frau - sie war irgendwie in ein pinkfarbenes Kleid gekleidet -, kletterte auf den Kofferraum um einem Mann vom Personenschutz in den Wagen zu helfen.
Wir rannten den Grashügel rauf. Irgendwie hatten wir nicht darüber nachgedacht, daß das gefährlich sein könnte, das machten wir intuitiv. Jedenfalls rochen wir Schießpulver, aber das schien die Polizisten nicht so richtig zu kümmern, jedenfalls die meisten nicht.
Dann rief jemand, daß die Schüsse vom Schulbuchlagerhaus gekommen seien. Einige Polizisten rannten dort hin, konnten wohl niemanden mehr finden, dafür aber ein Gewehr und drei Patronenhülsen. Das hat mich gewundert, denn ich meinte, daß mehr Schüsse gefallen seien als nur drei.
Irgendwie im Laufe des Tages wurde der Täter dann gefaßt, der hat wohl wirklich aus dem Schulbuchlagerhaus geschossen. Zwar weiß ich nicht, wieso es da über dem Bretterzaun auf dem Grashügel geschossen hatte und da war ja auch diese Rauchwolke und der Geruch nach Schießpulver, aber vielleicht hatte ja ein Polizist das Feuer erwidert, obwohl er von dort das Schulbuchlagerhaus gar nicht... ich weiß ja auch nicht.
Jedenfalls hatte ich noch mitbekommen, daß sie am selben Tag jemanden verhaftet haben, im Kino, glaube ich. Der hat die Tat geleugnet, aber irgendwie meinten alle wohl, daß er es doch war.

Eine Gerichtsverhandlung gab es nicht, weil der Mann dann irgendwie erschossen worden ist, ich glaube, im Keller des Polizeigebäudes von irgend so einem Mann aus der Unterwelt, der dann auch irgendwie im Gefängnis gestorben ist.

Ehrlich gesagt - und das ist mir peinlich, weil ich doch ein so schlechtes Gedächtnis habe - habe ich mich da in den Tagen, als das aktuell war, rausgehalten. Einer meiner Freunde ist dann aber zur Polizei oder zum FBI oder so gegangen, und die haben ihm irgendwie nicht geglaubt. Da habe ich mir dann gedacht, daß es ja doch nichts bringt, wenn man zur Polizei geht und die glauben einem doch nicht.

Dabei bin ich eigentlich sicher, daß der Mann hinter dem Bretterzaun den Politiker erschossen hat, aber ich kann mich auch irren. Schließlich wird die Polizei ja die Spuren gesichert haben, und die machen das ja nicht zum ersten Mal. Die werden also schon wissen, ob da hinter dem Bretterzaun geschossen wurde oder nicht.

Einer meiner Bekannten hat dann vor so einem Ausschuß einer Kommission ausgesagt, und die haben ihm auch nicht geglaubt und ihm gesagt, daß er sich irre. Dann war da noch so ein Mann vom Bahnhof, der hat da auch ausgesagt und ist dann mit seinem Auto verunglückt.

Einige Zeit später kam ein Anwalt zu mir, der wollte wissen, was ich gesehen habe. Ich glaube, der hieß Kane oder Lane oder so etwas... Naja, dem habe ich das dann gesagt, was ich eben erzählt habe, und der war der erste, der das geglaubt hat.

Als er dann meinen Freund, der auch vor dem Ausschuß der Kommission ausgesagt hat, besuchen wollte, ging das nicht mehr, weil sein Haus bei einer Gasexplosion in die Luft geflogen war und er gerade drin war.

Irgendwie ist in der Geschichte der Wurm drin, denn auch mein anderer Bekannter hatte gerade mal noch

zwei Jahre lang gelebt, als er dann mit seinem Motorrad verunglückt ist. Dabei habe ich ihm schon immer gesagt, daß Motorradfahren viel gefährlicher ist als Autofahren.
Naja, und dann kam halt mein Tag. Ich war mit dem Wagen unterwegs und als ich dann auf eine Schranke zufuhr, die sich gerade schloß, versagten meine Bremsen. Die Straße war etwas abschüssig und ich dachte, wenn ich Gas gebe, schaffe ich es noch vor dem Zug, aber es hat wohl nicht sollen sein. Und jetzt bin ich hier.«
Der Mann im weißen Gewand lächelte mild.
»Das sind Sie. Ich glaube, es spricht nichts dagegen, wenn ich Sie hereinlasse.«
»Das ist wirklich sehr nett von Ihnen. Ach, wissen Sie, es ist mir peinlich. Sie haben sich vorhin vorgestellt, aber ich habe Ihren Namen leider schon wieder vergessen. Das ist wohl von der Gehirnerschütterung.«
Der Mann nickte mit einem leichten Ausdruck von Mitgefühl im Gesicht.
»Aber das ist doch verständlich. Übrigens, mein Name ist Petrus.«

Dem Lebenswerk von Mark Lane, der uns der Wahrheit näher brachte, und im Gedenken an John F. Kennedy.

Der 50. Geburtstag

Es war mal wieder einer der festlichen Anlässe, die Chefinspektor Barrow so anwiderten. Er war sowieso kein Partygänger, und Parties, von denen er nicht fernbleiben konnte, weil der Anlaß es gebot, waren ihm noch mehr zuwider.

Es war der Geburtstag des Chefs der Abteilung IV der Kriminalpolizei, und da konnte Chefinspektor Barrow sich schwerlich ausreden, nicht zu erscheinen, zumal Lieutenant Nadalin sehr viel Wert darauf legte, daß die ganze Abteilung zu seiner Geburtstagsfeier erschien, und darüber hinaus war es auch noch Nadalins 50. Geburtstag.

So saß Chefinspektor Barrow mit Inspektor Marr an einem der Tische, die in dem Festsaal, der zu dem feierlichen Anlaß gemietet wurde, standen, und trank langsam seinen Whisky.

»So viele Polizisten in Zivil - das erträgt man nicht ohne Alkohol«, knurrte Barrow. Marr grinste.

»Ach, kommen Sie, Chef, so schlimm ist das auch wieder nicht.«

Barrow hob seine Schultern.

»Sie wissen, Jack, daß ich solche Feiern nicht ausstehen kann. Ich bin ein Partyschreck.«

Marr lachte und hob sein Glas.

»Aber nur für Leute, die Sie nicht kennen.«

»Davon laufen hier genug herum. Ich wußte gar nicht, daß Sergeant Lloyd verheiratet ist, oder ist das seine Freundin?«

Barrows Blick fiel auf den jungen Sergeant, der auf der Tanzfläche mit einer jungen Frau tanzte.

»Das ist die neue Sekretärin bei der Spurensicherung«, klärte Marr seinen Chef auf. Dieser nickte verstehend.

»So, so, und Jimmy wirft sich da gleich ran. Das sieht ihm schon ähnlicher.«

Marr zeigte ein leichtes Lächeln.

»Jetzt habe ich Sie durchschaut, Chef. Sie mögen Partys ja doch, weil Sie hier über unsere Leute lästern können.«

Barrow winkte ab.

»Der Whisky hier schmeckt auch zum Kotzen!«

Marr trank einen Schluck aus seinem Glas.

»Ach, so schlimm ist er auch wieder nicht.«

»Er ist ungenießbar!«

»Warum trinken Sie ihn dann?«

»Weil, wie ich schon sagte, so viele Polizisten in Zivil ohne Alkohol nicht auszuhalten sind. Was tratscht man denn so in Inspektorenkreisen in der letzten Zeit?«

Marr trank einen Schluck aus seinem Glas und betrachtete seinen grauhaarigen Chef, der in einen dezenten dunkelblauen Anzug gekleidet war, eine Zeit lang.

»Nun, man spricht immer noch über Inspektor Tolans Tod. Und die Bemerkung, die Dillon nach seiner Verurteilung gemacht haben soll.«

»Dillon ist verurteilter Mörder und unerträgliches Großmaul, das jetzt 20 Jahre hinter Gittern verbracht hat. Wenn Sie mich fragen: Zu wenig für dreifachen Mord.«

Marr nickte.

»Ich weiß. Aber viele von unseren Leuten halten es für wahrscheinlich, daß Dillon sich gerächt hat.«

Barrow trank einen Schluck von seinem Whisky und verzog abermals sein Gesicht.

»Pfui Deibel. Kommen Sie, das ist doch nun wirklich Unsinn.«

»Ich weiß nicht. Sie, Tolan und Peters haben Dillon verhaftet. Tolan wurden offenbar die Bremskabel seines Wagens durchgeschnitten und Peters fand man erhängt in seiner Garage. Beide Male wollen Zeugen Dillon in der Nähe gesehen haben.«

Barrow wedelte mit der rechten Hand in der Luft, als

wollte er ein paar lästige Fliegen vertreiben. Die Band spielte jetzt flottere Musik, und die älteren Tänzer zogen sich von der Tanzfläche zurück.

»Sehen Sie mal dort: Howard - wie kann man nur einen so schlechten Geschmack haben und hier in einem grünen Anzug antanzen?«

Marr blicke sich kurz um und grinste. Der 54jährige Howard Blackwood aus der Abteilung II der Kriminalpolizei wirkte in seinem grünen Anzug mit blauer Krawatte tatsächlich etwas lächerlich, jedoch war er für seinen eigenartigen Geschmack bei der Auswahl der Kleidung in den Abteilungen bekannt.

»Dillon behauptet nach wie vor unschuldig zu sein. Er sagte, Sie, Peters und Tolan hätten ihm 20 Jahre seines Lebens geklaut.«

»Quatsch. Die Geschworenen haben ihn für Schuldig befunden, was will er mehr? Es gibt unzählige Leute, die sich gerne mal an Polizisten rächen müssen, ich glaube die Dillon-Geschichte nicht. Das ist doch eine Räuberpistole. Wundert mich, daß das noch niemand an die Presse verkauft hat, um sich ein paar Dollar zu verdienen.«

Barrow winkte dem Kellner zu, der daraufhin an den Tisch kam.

»Noch einen Whisky - und Jack, nehmen Sie auch noch einen?«

Jack nickte.

»Zwei Whiskey.«

Der Kellner notierte sich den Wunsch und verschwand. Barrow trank noch einen Schluck aus seinem Glas.

»Ich habe schon viel miesen Whiskey getrunken, aber dieser übertrifft alle.«

»Es waren aber nun mal Sie, Tolan und Peters an der Verhaftung beteiligt. Und Dillon sagte, nachdem er für drei Morde unschuldig im Knast gesessen habe, habe er jetzt noch drei Morde frei. Machen Sie sich denn überhaupt keine Sorgen?«

Barrow lachte kurz auf.
»Was meinen Sie, wie viele Gangster mir schon gedroht haben? Wenn ich das alles ernst nehmen würde, dürfte ich mich nicht mehr aus dem Haus trauen.«
»Ich weiß, aber die Sache mit Tolan und Peters... Ich mache mir schon Sorgen um Sie.«
Barrow winkte ab.
»Machen Sie sich Sorgen um Ihre Frau, aber nicht um mich. Ich kann für mich selbst sorgen. Und ich sage Ihnen: Solche Schwachköpfe kann man nicht ernst nehmen. Wer das tut, ist selbst schuld.«
Marr hob seine Schultern.
»Vermutlich haben Sie recht, Sir. Dennoch finde ich es einfach unheimlich, daß die beiden innerhalb der letzten beiden Monate umgebracht wurden.«
»Die Ermittlungen laufen und wir werden den Täter bekommen.«
Marr zog nachdenklich seine Augenbrauen zusammen.
»Inspektor Dane will Dillon mal befragen, nach seinen Alibis und so weiter...«
Barrow lachte laut.
»Also wirklich, Sie haben Dillon doch gehört. Er meinte, daß wir ihn nie erwischen würden, wenn er jemanden umbringen würde. Wenn Sie seine Morddrohungen glauben, warum nicht das auch?«
»Ich glaube, Sie nehmen die Sache etwas zu leicht.«
»Meine Erfahrung sagt mir, daß solche Drohungen nicht ernstzunehmen sind.«
Barrow trank das Glas aus und stellte das Glas mit einer etwas unsicheren Bewegung auf den Tisch.
»Was ist?«, fragte Marr besorgt.
»Nichts weiter. Das muß am schlechten Whisky liegen, nach zwei Gläsern bin ich noch nicht besoffen.«
»Vielleicht sollten Sie heute abend etwas langsamer trinken.«
»Jetzt fangen Sie bloß nicht an, mich zu belehren.«
Die Sekretärin der Abteilung IV kam an den Tisch der

beiden Polizisten und lächelte die beiden kurz an.
»Was hecken Sie denn aus?«
Barrow zeigte ein leichtes Lächeln.
»Inspektor Marr erzählt Gruselgeschichten. Sie kennen ihn ja.«
Die Sekretärin nickte zustimmend.
»Tanzen wir mal?«, fragte sie dann Inspektor Marr. Der warf einen kurzen Blick zu Barrow, woraufhin dieser kurz nickte.
»Ich halte Ihnen den Whisky warm.«
Marr grinste.
»Igitt!«
Der Inspektor entschwand mit der Sekretärin auf die Tanzfläche, und Barrow betrachtete die Gesellschaft, die sich versammelt hatte. Die Ansprache des Lieutenant stand noch bevor, und vor dieser grauste es Barrow am meisten, denn er würde diesmal die Würdigung halten müssen, bevor Nadalin erwiderte.
Auf der Tanzfläche bewegten sich die Pärchen zu der inzwischen wieder langsamer gewordenen Musik. Im ganzen Saal herrschte raunen und fröhliches Gelächter. Barrow fragte sich, ob in der Abteilung überhaupt noch jemand arbeite und überlegte, ob er schon einmal so viele Polizisten auf einem Haufen gesehen hätte.
Ihm grauste schon vor seinem 50. Geburtstag, der dazu noch mit seinem 25jährigen Dienstjubiläum zusammenfiel, was nach allgemeiner Auffassung in der Abteilung allemal ein Grund zum Feiern war.
Der Kellner kam mit den beiden Whisky-Gläsern an den Tisch.
»Stellen Sie das andere da rüber, Inspektor Marr kommt gleich wieder.«
Der Kellner nickte, stellte die Gläser auf dem Tisch ab und verschwand wieder.
Barrow stütze seinen Kopf in die Hände, der immer schwerer wurde.
»Verdammt«, murmelte er. »Von zwei Gläsern Whisky

bin ich doch sonst nicht schon besoffen.«
Er blickte wieder auf und merkte, daß ihm alles unscharf und verschwommen vorkam. Die Farben wurden unklar, und sein Kopf begann zu schmerzen. Barrow schüttelte seinen Kopf kurz, und für einen Moment schien es besser zu werden.
Barrow blickte sich weiter um. Offensichtlich hatte niemand gemerkt, daß ihm nicht gut war - so weit käme es noch, daß in der Abteilung herumgetratscht würde, Barrow würde nach zwei Gläsern Whisky schon die Kontrolle verlieren, schoß es durch seinen Kopf.
Er blickte sich bei den Tischen um, an denen die Partygäste saßen und sich angeregt unterhielten. Viele Polizisten und Angestellte hatten ihre Freunde und Freundinnen, beziehungsweise ihre Lebenspartner mitgebracht, was laut der Einladung ausdrücklich erwünscht war. Lieutenant Nadalin mochte es gesellig.
Barrows Blick fiel auf einen Tisch, an dem ein einzelner Mann saß, der in einen hellbraunen Anzug gekleidet war und dazu eine dezente etwas dunklere Krawatte trug. Als der Mann bemerkte, daß Barrow ihn ansah, lächelte er und prostete ihm mit seinem Whisky-Glas zu. Für einen Moment wurde Barrows Blick wieder klar.
»Dillon«, murmelte Barrow. Er erhob sich auf unsicheren Beinen von seinem Tisch und wankte auf den Tisch des Mannes zu, der einige Meter von seinem entfernt stand. Nur vage nahm er wahr, daß er inzwischen die Aufmerksamkeit an den Nachbartischen erregt hatte. Sein Blick verschleierte sich immer mehr und er stolperte einfach nur vorwärts. Jemand griff ihn am Arm, und weit weg fragte eine Stimme, was los sei.
»Dillon«, stieß Barrow lallend hervor. »Dill...«
Daß er zu Boden fiel, bekam er nicht mehr bewußt mit. Leute versammelten sich um ihn, und der Mann im hellbraunen Anzug erhob sich von seinem Tisch. Er

richtete seine Krawatte, immer noch mit einem leichten Lächeln auf den Lippen, und wandte sich dem Ausgang zu.
»Schnell, einen Krankenwagen!«, rief jemand aufgebracht. Der Mann im braunen Anzug setzte seinen Weg zum Ausgang gemessenen Schrittes fort, was in der Aufregung, die inzwischen in dem Saal um sich gegriffen hatte, niemand bemerkte. Er erreichte den Ausgang und bekam gerade noch eine fast hysterische Stimme mit, die voller Entsetzen und Betroffenheit ausrief »Er ist tot!«

Der Autor

Richard Bercanay, geboren 1968 in Aachen, studierte  Politikwissenschaften und Soziologie. Seit seiner Jugend schreibt er Krimis, deren Leserkreis sich zunächst auf seine Freunde erstreckte. 2010 veröffentlicht er mit »Spuren im Schnee« sein erstes Buch. Neben Krimis verfaßt er auch Science-Fiction-Romane, deren Veröffentlichung ebenso geplant ist wie die weiterer Krimis. Bereits der Krimi »Der Minister und die Katze« lehnte sich an eine wahre Begebenheit im politischen Raum an. Mit »Sozialdemokratie im Abbruch« behandelte Richard Bercanay zum ersten Mal ein politisches Thema in Form eines Sachbuchs.

Bercanay's Blog: http://bercanay.wordpress.com/

Veröffentlichungen von Richard Bercanay:

Sozialdemokratie im Abbruch

Der Minister und die Katze

Die Leiche mit dem Pistolenkasten

Doyles Radfahrer

Der Kurzkrimi »Das Haus des Onkel Ev« in der Anthologie »Jede Menge Erben«, herausgegeben von Siegfried Dierker